SNCB mon amour

ISBN 978-2-930582-24-5

1ère édition
D/2015/12.096/4

Collection OSONS

Textes de Nancy Vilbajo
Illustrations de François Bouton

SNCB mon amour

Éditions
du Basson
OSONS

On relit, on retouche, on ajoute une virgule, on termine une illu. Le matin, le jour, le soir, la nuit. On est crevés mais heureux devant notre délire qui prend forme. On pense aux moments magiques, à l'imprimerie, aux présentations, à la Foire du Livre, à... à... PAN !

Une arme automatique. Une balle. Notre joie vient d'être touchée en plein cœur, l'encre se transforme en sang, les mots en larmes, les sourires en doutes. C'était un mercredi matin, le 7 janvier 2015. Ils sont entrés et ils ont tiré.

Nous dédions cet ouvrage aux victimes et à leurs proches.

François Bouton, Crayon
Nancy Vilbajo, Plume

Préface

par Didier le contrôleur

BILLETS S'IL VOUS PLAIT ! MONNAIE AUSSI !

Déjà ça a été tout un bazar pour trouver l'adresse. Pourtant je connais Bruxelles, j'y ai vécu avec une danseuse qui pouvait rentrer dans la manche de mon anorak ! Je n'invente rien !

Puis là, pfff, quelle gêne, d'apprendre mon tour de taille, dans un micro grésillant hurlant, trop aigu, vous entendez de quoi que j'cause ? Si on reçoit un anorak, il me faudra deux danseuses ! Bon, j'ai enfin fini par entrer dans cet espèce d'uniforme aux mensurations de catalogues de la poste, signé de je ne sais quel couturier. J'ai aussi reçu toute une documentation dans des classeurs et des cahiers :

sur le fonctionnement des toilettes ;

les vraies raisons de pourquoi on ne tire jamais sur le signal d'alarme ;
pourquoi on ne s'arrête pas tant qu'on n'est pas sûr d'être bien partis ;
ce qu'il faut dire aux " gens ", s'il y a de l'avance dans les horaires ;
pourquoi on ne s'arrête pas à certains endroits ?
pourquoi, parfois le train ne démarre pas.

Ce sont souvent des questions idiotes. Mais j'ai répété plein de fois. Même dans ma famille, au bistrot (où j'allais), à la piscine, chez les voisins. Bref, je dois contenter les gens sans perdre mon temps et, en même temps, donner le signal de départ, compter ceux qui montent et les autres qui descendent. En plus, je dois aussi contrôler leurs titres de transports ! Surtout en première classe, c'est là que ça dépose le plus de plaintes ! Y'en a qu'ont rien à foutre j'te jure !

Je me suis entraîné avec le sifflet... tous les jours ! Dans plein de gares ! Et j'adore ça. Je suis parvenu, en un mois d'instruction, à retarder 147 trains rien que dans le Hainaut. Lors d'un comptage, je me suis loupé de deux montants. J'ai fait faire demi-tour au train. J'ai bien failli m'énerver. Pour les cent mètres à pieds que doit faire le conducteur pour changer de sens, c'est exagéré !

J'étais devenu tellement habile avec mon sifflet, que j'ai fini à Binche ! Un délégué syndical a bien essayé de me faire transférer à Pairi Daiza, sans succès. J'vais contrôler, tout ce qui bouge, toute ma vie, jusqu'au jour où on devra aussi me contrôler. Serais-je encore contrôlable ?

Un jour, y avait grève et manifestation, j'ai fait démarrer tous mes trains un quart d'heure plus tôt ! Merde, moi je fais pas grève ! Et j'ai jamais donné un balle à un syndicat ! Tu t'fous d'ma gueule ?

Je suis là, tous les jours, tous les matins, très tôt, plus tôt que ces andouilles de conducteurs, plus juste que les horairistes les plus scrupuleux, plus fiable qu'une horloge de gare !

Le cœur léger, ça y est, " on décolle ", allez, toute ma vie j'en rêverais, d'être une hôtesse de l'air !

Moi mon trip c'est là ! Infernal Traffic !

Puis j'te dis pas ce qu'on peut transporter ! Ils demandent le train pour Binche ? J'préfère pas ! J'aime bien les gens, mais ça dépend des heures - de pointes, oui ! Et de combien qu'y sont dans le compartiment. J'aime bien les vieilles qui voyagent en groupes. Parfois pour les faire chier, on démarre plus tôt. Ou bien aussi les touristes paumés, ça, j'adore. Je leur fais signe par la fenêtre, parfois même par la porte, parce que je fais ce que je veux. Et puis, j'ai aussi le " ticketeur " facile. Mon poinçonneur et moi on se comprend ! J'ai, un soir d'Ostende-Arlon, compté que je le touchais 14289 fois en une seule journée. Je touche plus souvent mon poinçonneur que ma " tchole ", c'est sûr ! Alors tu penses bien qu'avec un métier pareil, tout ce que je peux entendre pendant mon boulot, ça ne m'en touche pas une ! De toute façon, je n'écoute pas les voyageurs ! À quoi ça me servirait ? Binche ?! C'est suspect ça, j'vais voir avec le chef de la police du chemin de fer. Non non ! Je n'ai vraiment rien contre les Binchous, mais on raconte tellement de trucs avec les plumes d'autruches... J'suis d'Charleroi, tu vas pas m'la faire ! Mais Binche tout de même, je trouve ça intrigant ! T'as un titre de transport, fieu ?

Didier Ocula

I ♥ SNCB
I ♥ SNCB
E0501M2012i

ET SI ON DISAIT DU MAL DU TRAIN ?

Tout fout l'camp, ma p'tite dame ! Y'a plus d'saison ! Tout ça, c'est à cause des fusées qu'on envoie sur la Lune ! On va tous crever ! Etc, etc, etc.

Bon ça va, on a compris ! Il est temps de sauver la planète et par la même occasion, les baleines, les océans, les bouquetins et les gnous. Et pour y arriver, on nous ferait faire n'importe quoi.

Comme manger bio, par exemple. Vous savez, ces trucs insipides, incolores mais rarement inodores que d'hilares chevelus narcoleptiques vendent sur les marchés bio-bobo-alternatifs-avec-des-vrais-morceaux-de-sphaigne-dedans. Ou encore se chauffer à grands coups de pellets, quitte à ce que votre chat devienne schizophrène à force de confondre votre bac à granulés avec son bac à litière. Et j'en passe ! Et pas des meilleures !

Parmi toutes ces petites hypocrisies sociales, il y en a une qui m'horripile, qui me pique les yeux, qui me donne envie de pleurer, qui me gratte pire qu'un bonnet péruvien en pure laine de lama. Et je vous la livre sur un plateau d'argent, cette ignominie, c'est "Choisissez les transports en commun" !

Rassurez-vous, je vous fais grâce du " Ouin-ouin " quotidien sur les grèves, les retards et les banquettes explosées pour aller droit au but : les gens ! Car oui, s'il y a bien une chose que l'on ne répétera jamais assez, c'est que les voyageurs du rail sont des malappris !

Et j'en sais quelque chose : j'en ai fait partie pendant trois rudes années. Sans doute les plus longues de ma vie !

Mais aujourd'hui, c'est terminé ! Fini ! Basta ! Ouste ! Adios ! Hasta la vista, Baby !

J'ai changé de job et retrouvé - non sans joie - ma petite voiture chérie.

Ha, la vie ! Quel mystère, tout de même ! Dire qu'il ne m'aura fallu que quelques semaines pour oublier les turpitudes biquotidiennes de la navette. Hé oui, je fais partie de ces gens pour qui tourner une page peut parfois être un acte rapide et sans remords. Toutefois, j'avoue qu'une habitude me manque beaucoup. Une toute petite habitude de rien du tout mais qui m'a tout de même aidée à ne pas me jeter sur les rails quand, pour la trente-sixième fois de la semaine, la voix métallique crachait aux voyageurs son sempiternel " *Veuillez nous en excuser ! Tu du duuuuuu !* ".

" *Avis aux voyageurs, le train en direction de La Louvière et Binche est annoncé avec un retard probable de vingt minutes ! Veuillez nous en excuser ! Tududuuuuuu !* ".

"*Avis aux voyageurs, le train en direction de La Louvière et Binche ne circulera plus ce jour ! Veuillez nous en excuser ! Tududuuuuuu !* ".

"*Avis aux voyageurs, en raison de la présence de bétail sur les voies, le train en direction de La Louvière et Binche roule au ralenti ! Veuillez nous en excuser ! Tududuuuuuu !* ".

Cette crapuleuse petite habitude, c'était de balancer sur Facebook ! Qu'est-ce que j'aimais ça !

Chaque matin, chaque soir, je partageais avec mes amis moult statuts relatant mes mésaventures. Si bien qu'après quelques mois à peine, j'avais acquis - non sans fierté - une solide réputation de Blonde Warrior du Rail.

Heureusement pour moi, les écrits restent et ne meurent pas. Car je ne suis pas une égoïste et, histoire de célébrer ma rupture avec le train, j'ai décidé de (me bourrer la gueule et de) mobiliser mes malheurs de navetteuse afin de vous arracher quelques sourires que je devine coquets.

" SNCB mon amour " est une compilation des meilleurs statuts que le rail m'a inspirés. Des pires aussi.

Mais ce n'est pas tout. Considérez que l'ouvrage que vous tenez entre les mains est un guide de survie à destination de l'usager du rail. Je vous explique mon cas : en trois ans de guérilla, j'ai rencontré de pleines bourriches d'enfumés des neurones. Par dizaines, par centaines ! Et souvent, les plus atteints présentaient des caractéristiques similaires. J'en ai aussitôt déduit qu'il devait être possible de réaliser une classification scientifique. Et c'est ce que j'ai fait, vous pensez bien.

Puis, j'ai agrémenté l'étude - ô combien sérieuse - de conseils à observer quand on se retrouve face aux énergumènes croupissant dans les rubriques susmentionnées.

Mémorisez soigneusement chacun de mes conseils car un jour, vous tomberez, vous aussi, dans la jungle du ticket mal composté !

LA NOMENCLATURE DES ENFUMÉS DU RAIL

Note de l'auteur :
les phrases en italique sont de profondes pensées que j'aime à faire partager.

Le " Pour-Toi-Public "

C'est le plus régulier, le plus ponctuel, le plus horripilant.

Chaque matin, quel que soit le taux de fréquentation de votre wagon, le PTP s'installe systématiquement devant votre nez - car vous êtes une sirène - et vous lance son sourire moisi ClaudeBarzotti'Touch. Puis, après s'être assuré que vous l'avez remarqué, il plonge prestement une main boudinée dans la poche revolver de sa veste C&A et d'un geste ample, en sort un magnifique " G' tchiouné ".

Putain, c'est beau, un homme !

À ce moment-là, capturez l'instant ! Savourez le moment ! Bref, observez sa face d'auto-satisfaction lorsqu'il peut enfin se mettre à beugler comme un veau, persuadé qu'il est de faire l'admiration de ses contemporains. Car à ses yeux, sa conversation de troll ne pouvait absolument pas attendre vingt minutes... juste le temps d'arriver au bureau, quoi.

Mais mortecouille, qu'est-ce qu'on s'en fout de la panne du perco de la compta !

Attention, soyez attentif car c'est ici que l'exercice se corse : il est important de ne pas rire quand il clôturera sa petite bafouille par un bien placé *"Kiiiiiip in teutch !"*, histoire de marquer le coup. Et si vous avez la chance de tomber sur un phénomène pur jus d'origine contrôlée, il dira à un improbable homme invisible qui ne lui demandait rien : *"C'était ma secrétaire, quelle conne, celle-là !"*.

Une... conne ? Une sainte femme, oui ! Une martyre du fonctionnariat ! Une Mère Térésa des tableurs.xls !

Mon conseil : soyez fort mais aussi patient car le Pour-Toi-Public tombe inexorablement dans un profond état végétatif une fois sa mission quotidienne accomplie. Et surtout, ne le réveillez pas, il pourrait prendre cela pour un encouragement et recommencer de plus belle.

Le Super-Organisé

Détrompez-vous, ce n'est pas un voyageur organisé qui vole avec une cape. Non, non, il est juste comme vous et moi. Du moins c'est ce qu'on croit… jusqu'à ce qu'il s'installe à SA place. La sienne rien qu'à lui. Sa place que nul n'oserait convoiter. Et c'est à ce moment précis que débute la mission du Super-Organisé.

8h18 : il ôte son manteau, sa veste, son écharpe et son chapeau Jack Tati's Design.

8h22 : il les plie soigneusement et les range sur le siège d'à côté. Siège qu'il squattera coûte que coûte, quitte à refuser de le céder à une vieille dame aveugle, unijambiste et syphilitique.

8h26 : il se met à vous dévisager des pieds à la tête, lentement, ostensiblement quand soudain, ses petits yeux sournois s'arrêtent sur la trace de boue de votre semelle. Là, sa bouche pincée semble être l'innocente victime d'un citron pas mûr et il ne peut réprimer un bruit de succion que l'on peut traduire par "VOYOU ! ".

Mais tout cela, c'est de la gnognote car le calvaire - le vrai - c'est cette maudite horloge qui a depuis belle lurette remplacé son estomac.

8h30 tapantes : il a faim ! Et même s'il n'a pas faim, il a faim quand même. Sans hésiter, il sort de sa mallette en simili cuir bordeaux une boîte à tartines achetée en 1984 et ornée d'un autocollant délavé " Modern Talking ".

Je suis Envie ! Je suis Jalousie !

8h31 : le temps de déposer une serviette réutilisable sur la tablette, d'ôter le couvercle, de l'emboîter dans la partie du dessous, de déplier le papier alu et PAF, on y est ! Il ne sait plus le cacher : le Super-Organisé est friand de salami et de pâté de campagne dès potron-minet. Et peu importe votre regard effaré ou votre nausée matinale, il mangera.

Mon conseil : ayez toujours en poche un mouchoir bien garni que vous sortirez juste au moment où il ouvre la bouche. Débrouillez-vous pour le déplier de façon à laisser apparaître les décorations nasales qui y sèchent depuis quelques jours et faites semblant de vous moucher. Puis, déposez le mouchoir sur vos genoux avant de renifler un bon coup. Il est fort à parier que votre calvaire prendra fin illico.

Le Bio-Bobo-Antidéo

Le "bio-bobo-antidéo" se repère au premier coup d'œil. Si je vous dis "cheveux", vous devinez la suite. Eh oui, le BBA ne se coiffe qu'une fois par mois - pas plus - car une brosse en poils de porc andalou, c'est fragile.

Le poil, c'est la vie !

Bref, le BBA est obligatoirement hirsute partout où il y a du poil. En conclusion, il vaut mieux ne pas penser à ses dessous de bras.

Un autre indice : vos fosses nasales ! Et oui, le BBA ne ratera jamais l'occasion de vous rappeler les douces fragrances de mère nature. Appelons un chat un chat : le BBA n'est pas l'ami du gant de toilette. Et même pas par fainéantise, non, non ! Juste par conviction.

Car le BBA pense aux générations futures et veille à préserver les réserves d'eau de la planète. C'est pourquoi il ne se lave qu'une fois par semaine (deux fois quand c'est fête).

Mais alors, que se passe-t-il s'il porte un bonnet (rasta, le bonnet !) et qu'un gros rhume bénéfique vous bouche les narines? Eh bien, rien n'est perdu, il reste sa "Say No Attitude".

Maintenant, c'est à vous de jouer ! Sortez donc votre Ipad à coque pailletée et écoutez attentivement : un premier grognement devrait se faire entendre. Débrouillez-vous ensuite pour recevoir un sms sur votre smartphone en mode sonnerie-plus-vibreur et admirez son regard belliqueux. Sous les chenilles qui lui servent de sourcils, deux yeux noirs vous disent "Merde quoi, les antennes gsm, ça perturbe les mites !"

Les mites, c'est l'avenir !

Attention, voici enfin venu le moment de l'estocade finale : agitez frénétiquement vos Converse rose fluo pour attirer son attention. Si vous êtes bien appliqué, il devrait craquer et vous engueuler copieusement en ponctuant chaque phrase par *"Ouaiiiiiiiiiiiiiiiis dis !"*. Rendez-vous compte qu'il vous aura fallu attendre toutes ces années pour apprendre que vos superbes baskets-de-la-mort-qui-tue ne sont faites qu'en pétrole-qui-est-très-méchant-avec-l'environnement. Pauvre tache, va ! Alors que lui, il va une fois tous les quinze ans en Ardèche pour s'offrir ses sandales 100% pure chèvre avec le bout de lacet en corne de bouc. *"Ouaiiiiiiiiiiiiiiiis dis !",* même que c'est inusable. Soyez prudent, soyez hypocrite (ça ne peut pas vous faire de tort) et ne lui dites pas que c'est surtout très laid, car il pourrait se lâcher et vous mettre un coup de besace péruvienne sur la tronche.

Mon conseil : ayez toujours un petit pot de pommade Vicks sous la main et jouez "Les Experts à la SNCB". Une petite injection dans chaque narine et le camphre devrait pouvoir couvrir son parfum si unique qu'il en devient odieux. Quant au reste, collez-vous deux écouteurs dans les oreilles et inventez-lui que vous avez besoin de silence quand vous écoutez *"Léo Ferré chante la Mort"*. Cela devrait le calmer. Ou pas !

L'Incognito.

Celui-là, il a le mérite d'être bref. Son action est simple. C'est l'heure de pointe et vous voyagez debout, serré contre la foule qui fait la gueule. Soudain, une odeur indescriptible vous saute au nez. Un fumet tout droit sorti de l'enfer vous agresse. Un arôme de poubelle à cadavres vous étrangle. Mais que se passe-il ? Est-ce la fin du monde ? Eh bien non, c'est juste l'Incognito qui vient de lâcher une bonne grosse caisse. Un renard. Un gaz moutarde. Une aérienne !

Oui, je sais, c'est dégueulasse mais le pire dans tout cela, c'est que ce goret a le don de diriger les soupçons vers sa victime : vous. Et pour cela, il sait y faire. Mais moi, je connais sa tactique et c'est avec plaisir que je vous la livre sans pudeur. Voici : avant de commettre l'irréparable, le putois veille très soigneusement à vous fixer avec insistance en froissant discrètement les narines. Très rapidement, vos voisins, ayant repéré la dangereuse suspicion, se mettent à leur tour à vous regarder de travers. Et c'est à ce moment précis que l'Incognito se libère du fardeau qu'il couvait depuis quelques douloureuses minutes.

Je vais être franche : vous êtes foutu ! À ce stade, il est trop tard pour réagir. La seule solution, c'est d'être proactif.

Mon conseil : dès que vous repérez le regard fixe et la narine frétillante, faites de même. Mieux encore, dévisagez-le de haut en bas et murmurez un *"Baaaaaaaaaaaah !"* dégoûté. Croyez-en ma longue expérience, l'Incognito sera pris au dépourvu et préférera gérer ses crampes plutôt que de louper son coup. Mieux encore, il priera pour qu'aucun freinage brutal ne vienne lui pourrir la vie.

Le Narcoleptique.

Celui-là, on l'a tous pratiqué au moins une fois dans sa vie. C'est généralement un habitué, un indécrottable, un navetteur. Il monte tous les jours à la même heure, au même endroit, avec la même petite casquette en simili cuir couleur caca d'oie. À peine à bord, il dépose un sac à dos plus gros que lui sur le siège, respire bruyamment comme si les trois marches du wagon valaient bien celles de la Tour Eiffel et s'abreuve. Ah ben oui, ça a toujours soif, un narcoleptique. C'est pourquoi il doit boire trois gouttes de sa petite bouteille d'eau avant de lâcher une bruyante expiration pour vous signaler sa satisfaction de marathonien. Il sort ensuite son quotidien Métro. Pourquoi celui-là et pas un autre ? Parce que c'est gratuit, tiens.

Et quand c'est gratuit,
c'est pas cher !

Il secoue vigoureusement la première page qui ne lui a pourtant rien fait. Trois secondes plus tard, il passe à la page suivante, la secoue pour le principe et, sans prévenir, referme le journal qu'il lance à l'autre bout de la voiture. Et c'est là que votre pire cauchemar commence.

Car le spécimen est narcoleptique. À peine a-t-il fermé les yeux (en même temps que son Métro) qu'il tombe endormi. Comment puis-je en être certaine ? Mais parce qu'il ronfle, bien sûr ! Et pas n'importe comment, pas comme un joli chaton qui ronronne, pas comme un ourson qui pousse son premier grognement tout mignon. Non, rien de tout cela. Le narcoleptique met un point d'honneur à imiter le porc grabataire. Il siffle, il couine, suçote un biberon invisible et fait des bulles avec ses glaires dans le fond d'une gorge à triple menton que l'on sait bien garnie. Bref, il vous donne juste envie de lui balancer son Métro en pleine gueule.

Mon conseil : débrouillez-vous pour être à proximité d'une poubelle métallique. Et au meilleur moment de son sommeil réparateur, balancez un bon coup de pied sur le couvercle. Quelle belle mélodie assourdissante ! Mieux que dix millions de cymbales réunies. Attention, concentrez-vous car lorsqu'il sursautera, bavouille aux lèvres, il faudra gérer votre gros semblant de rien. Un petit " Oups, désolée ! " peut suffire. De toute façon, ne vous confondez pas en excuses, quoi que vous fassiez, il vous engueulera de sa petite voix de castra. Ce con !

Le Pump It Up Pépé

Ah celui-là, c'est mon préféré !

Comme il est attendrissant, ce papy à la grise barbe quand il ôte sa veste des grandes occasions et sort son thermo de café qui lui permettra de tenir le coup durant trois arrêts en gare. Prise d'une bouffée bucolique, vous vous attendrissez en l'imaginant jeter du grain à ses poules rousses dans son joli jardin fleuri. Vous penchez bêtement la tête, vous souriez, vous... vous…

Mais… mais… qu'est-ce qu'il fait ?

Et c'est là que le monde s'écroule. Car du petit baise-en-ville reçu de son beau-frère en 1975, il sort un lecteur MP3 dernier cri qu'il a pris soin de choisir de la pire des couleurs qui soit sur cette terre : bleu usine. Et pire encore, il est fier de la housse tricotée par Bobonne. Un bel ouvrage, savez-vous ! Avec des pompons sur les côtés et " Roger " brodé dessus.

C'est alors que votre sourire se transforme en rictus, votre attendrissement en cruelle désillusion, votre réminiscence enfantine en cruelle angoisse : va-t-il écouter Franck Michael ?

Le temps s'arrête autour de vous, les ténèbres vous envahissent. Plus rien n'a d'importance si ce n'est ce vieux doigt tremblotant qui s'avance péniblement vers le fatal bouton " play ". Vous ne tenez plus, la sueur vous glace le dos, vos yeux cherchent une issue de secours. Et au moment où vous vous décidez enfin à changer de voiture, l'arme fatale se déclenche : il est trop tard, vous êtes paralysé ! L'apothéose est aux portes de vos tympans : Pépé s'éclate le sonotone sur l'intégrale de Biniou Breton du célèbre groupe Chouchèn Jovial. Et croyez-en ma longue expérience, Pépé, il aime ça, il en redemande et jamais il ne s'en lassera. Vous entendez ? Jamais !

Mon conseil : je n'en ai pas. Moi-même, je reste cruellement sans ressource quand la silhouette de PIUP se dessine dans l'encadrement de la voiture.

Le Ourapapi

Comment le décrire ? Simple : en vous mettant en situation ! C'est encore ce qu'il y a de plus puissant. Accrochez-vous et suivez-moi au pays des Ourapapis. Pour y arriver, fermez les yeux et imaginez la scène qui suit…

Votre patron vous a miraculeusement accordé cette demi-journée de congé réclamée à corps et à cris. Il est midi trente-trois quand vous arrivez sur le quai numéro 4 et - ô miracle - le train du bonheur est ponctuel. Heureux de pouvoir profiter d'un trajet paradisiaque (donc, pas en heures de pointe), vous vous installez confortablement, les pieds sur la banquette et la veste roulée en boule sous la nuque. Sourire niais sur les lèvres, vous sortez de votre sac le dernier opus de Barbara Abel et en ouvrez la première page. Un délice de psychopathe !

Premier arrêt en gare, personne ne monte, votre sourire passe de niais à béat. Second arrêt, personne ne monte, une larme d'émotion commence à perler au coin de votre paupière gauche. Troisième arrêt en gare, personne ne… Ah si, la porte s'ouvre et, soudain, un nain à cagoule apparaît.

Vous sursautez, un second quasi semblable le suit. Puis un troisième, un quatrième, un cinquième et enfin, un sixième. Tous emballés à l'identique dans des parkas bleu marine à capuches fourrées. Tous encagoulés et mis sous vide grâce à une écharpe, véritable merveille de torsades et de camaïeux marron. Tous lestés au sol de moonboots à faire pâlir d'envie votre voisine Josiane. Vous n'en croyez pas vos yeux et pourtant le pire est seulement en train d'arriver : le Ourapapi !

Aussitôt entré, ce dernier désigne aux nains suspects The Place To Be qui, comme par hasard, se trouve à moins d'un mètre de vous. Aussitôt, le troupeau s'exécute, sautant prestement qui près de la fenêtre, qui près de la poubelle, qui près de… vous. Et enfin, découvrant une grande rangée de dents en surnombre, le Ourapapi montre l'exemple à la descendance en ôtant sa casquette en velours côtelé. Voilà, vous êtes dans une merde noire : la tribu a trouvé l'endroit du bivouac.

Mais qui est donc ce spécimen ? Eh bien, rien de moins qu'un retraité des chemins de fer qui voyagera à l'œil jusqu'au jour du Jugement dernier. Jamais il ne s'arrêtera, jamais ! Contrôleur un jour, contrôleur toujours ! Et comme tout ce qui est gratuit est toujours bon à prendre, il ne se gêne pas pour en faire profiter les petits Ourapapis de troisième génération. Un coup à Walibi, un coup à la mer, un coup à Bastogne, etc. Et le prix du sandwich, dans tout cela ? Eh bien, zéro balle - schnoll ! - car sa femelle a tout prévu. Chaussée de semelles de crêpe bien commodes, la matriarche transbahute le fidèle frigobox débordant de tartines au Volvet, de berlingots de jus écœurant, de raisins lavés et autres spécialités laxatives. Sachez-le, la reine mère est la pierre angulaire des sorties en famille. En effet, sans Ourapapite, point de pitance gratuite ! Point de prop'slip-on-ne-sait-jamais-un-accident ! Point de PQ pour se soulager à l'œil dans les buissons. Et surtout, point de cagoule tricotée main.

Ben quoi ? Dans les buissons,
ça n'a jamais tué personne, tout de même !

Attention, accrochez vos ceintures, le rituel sacré commence : ôter les cagoules, délivrer des parkas, retirer les moonboots, distribuer les rations journalières et les sopalins fleuris. Et voilà, votre pire cauchemar est en train de naître. Le Ourapapi en chef sort alors de sa poche magique une série de cartons-à-la-con sur lesquels il a pris le soin de noter moult devinettes, jeux neuneus et autres blaguounettes du calendrier Le Petit Farceur 1975. Nous y sommes : votre enfer est à son apogée !

Première énigme, les petits Ourapapous hurlent les réponses à tout-va, ce qui provoque un tonnerre d'applaudissements chez le reste de la tribu... *Hourra, Papy !* Vous respirez difficilement.

Seconde énigme, seconde réponse, seconde salve d'applaudissements... *Hourra, Papyyyyy !* Vous suez.

Troisième jeu neuneu, troisième réponse collégiale, troisième tsunami d'applaudissements... *Hourra, Papyyyyyyyyyyyyy !* Vous hyperventilez.

Et pendant ce temps, la Ourapapite distribue à tour de bras berlingots et Volvet-jambon. Vous devenez nauséeux.

Quatrième...

'Fait chieeeeeeeeeer !

Ca, c'est votre réplique ! Vous venez de craquer. Vous lancez le pauvre ouvrage de Barbara Abel au fond de votre sac, bondissez sur vos jambes, empoignez votre veste et, lançant des œillades assassines à ces terroristes, sortez de la voiture en claquant la porte.

Vous vous croyez sauvé. Mais tais-toi donc ! Ca continue de plus belle, oui ! Au loin, portés par les courants d'air, les échos *"Hourra-Papyyyyyyyyyyyyyyy-Clap-Clap-Clap "* vous parviennent, diffus et meurtriers. Coincé au fond de votre siège, vous mordez la couverture de ce pauvre livre qui ne vous a pourtant rien fait et luttez pour ne pas pleurer.

Huitième arrêt en gare. La porte de votre voiture s'ouvre et - horreur - la tribu apparaît de nouveau. Un inquiétant sentiment de déjà-vu s'empare de vous, vous êtes au bord de l'apoplexie. Encagoulés, emmitouflés et moonbootés, les nains traversent l'allée centrale traînant dans leur sillage un délicat fumet de frigobox. La matriarche leur emboîte le pas et vous snobe ostensiblement. Et enfin, Ourapapi Senior couvre leur retraite et vous lance un regard trahissant toute la haine qu'il éprouve pour la pauvre merdasse que vous êtes : vous avez osé perturber l'éducation de toute une portée d'Ourapapous.

Là, vous pleurez tout en mangeant le succulent roman d'Abel qui va finir par déposer plainte pour maltraitance.

Mon conseil : la meilleure défense étant l'attaque, ayez toujours à portée de main quelques fiches médicales et un téléphone portable. Laissez la tribu prendre ses aises et au moment crucial, prenez le Ourapapi de court. Soyez traître ! Sortez vos fiches et votre téléphone, faites semblant de composer un numéro et simulez une conversation entre vous - le faux proctologue - et Marie-Josette - votre fausse patiente. Inutile de préciser que tout diagnostic portant sur les mycoses et autres hémorroïdes est bienvenu. Évoquez également le délicat toucher rectal, la culture de selles et les nombreuses anuscopies. Croyez-en ma longue expérience : je ne donne pas cinq minutes à Ourapapi pour remballer la marchandise et courir mettre à l'abri les chastes oreilles de la descendance plus habituée aux inepties de Pif le Chien qu'aux choses de la vraie vie.

BREF, SOYEZ UN WINNER !

Voilà, vous êtes maintenant paré pour affronter la vérité des Chemins d'Enfer. Respirez un bon coup et, sans vous retournez, passez à la page suivante. Éteignez votre cigarette, bouclez votre ceinture et n'oubliez pas que le parachute est sous le siège. Nous vous souhaitons un agréable voyage !

VEUILLEZ
NOUS EN
EXCUSER !

Janvier

JAN 6

Nancy V

se demande si elle a beaucoup manqué à ses petits camarades de train... parce qu'eux, pas !

#solong

JAN 8

Nancy V

Si t'es fière d'être dans le train, tape dans tes mains ! Tsoin tsoin...

#tsoin

JAN 10

Nancy V

SNCB, si tu continues à supprimer les voitures de première aux heures de pointe, je vais te supprimer mon supplément d'euros qui va avec. Tremble donc !

#desmenaces?

JAN 10

Nancy V

a eu son train du retour avec seulement 8 minutes de retard. Et cela, au milieu des trains annulés, des changements de quai et autres merditudes quotidiennes. Quand elle dit "tremble" à la SNCB, la SNCB tremble.

#javaisprévenu

JAN 13

Nancy V

pense que la fin est proche ! Après le vol de câbles, voici la panne de la locomotive de tête (comme s'il y en avait d'autres...). Train à l'arrêt dans les "pâchis", annonces inquiétantes, lumières tamisées, etc ! Adieu, mes amis, les Mayas s'étaient juste trompés de date...

 # Bugarach

Pâchis : mot en patois local signifiant "prés " mais si et seulement si de jolis veaux gambadent parmi les pâquerettes.

JAN 15

Nancy V

Train raté de quelques secondes (pour une fois que ce morpion était à l'heure). Librairies fermées. Chienne de vie !...

#onn'enlaisseraitpasunpeupourdemain?

JAN 20

Nancy V

douille un supplément perso première classe pour apprendre qu'il n'y a pas de première ce matin ! Manque de matériel, parait-il ! Le matériel pour encaisser mes sous chaque mois, par contre... il fonctionne !

#jackpot

JAN 21

Nancy V

soupçonne l'existence d'un lien significatif entre la troisième absence consécutive de la voiture classe 1 et l'invisibilité totale du contrôleur ! J'en connais qui vont recevoir une jolie prose de hyène !...

#jailesdentsquipoussent

JAN 22

Nancy V

a failli se manger un passage à niveau. Même quand je suis en voiture, la SNCB m'emmerde !

#nemequittepas

JAN 24

Nancy V

voyage avec Chucky et, ça, c'est pas facile ! Vraiment pas facile...

#PèreFouettard

BIOGRAPHIE INUTILE

Père Fouettard est l'ami de Saint-Nicolas (et l'idole des auteurs complices de cet ouvrage), les deux sont fêtés le 6 décembre. Ramoneur de profession, Père Fouettard est représenté avec le visage grimé de noir. Quant à l'omniprésence de son fouet, nous ne nous prononcerons pas ! Notez tout de même que de mauvaises langues parlent au conditionnel de l'existence d'une éventuelle relation d'ordre sado-masochiste entre les deux stars des enfants. Après tout, Batman et Robin n'ont peut-être rien inventé !

JAN 29

Nancy V

4 contrôleurs pour 2,5 voyageurs et pas un seul ne pense à fermer la porte derrière lui... C'est triste !

#oùvalemonde?

JAN 30

Nancy V

" *Mesdames et messieurs, ce train partira dès que le personnel de bord sera au complet* " !... Et depuis tout à l'heure, on n'était pas au complet, alors ? C'est formidable !

#onaimelerisque

JAN 31

Nancy V

Venir travailler en voiture et être à deux doigts de renverser... un contrôleur devant la Gare du Midi !

#çanesinventepas

FÉVRIER

FEB 4

Nancy V

est dans le train et apprend qu'une grève sauvage démarre ! Aujourd'hui ? Juste quand je suis en route ? SNCB, c'est moi qui vais devenir sauvage, je te préviens !

#borntobewild

FEB 5

Nancy V

trois glissades maîtrisées et un rouler-bouler avorté => intégrité physique indemne pour affronter The Master of The Universe : la SNCB.

#hiverrude

FEB 7

Nancy V

Chbouing... Chbouing... Chbouing... Chbouing... Chbouing ! Alors, qu'est-ce que j'imite, hein, hein ?

#retiretondoigtdumicro

FEB 11

NANCY V

Merci monsieur, d'avoir lâché une caisse immonde à côté de moi sur le quai de la Gare Centrale. Vraiment merci ! J'aime bien profiter de l'odeur fétide de mes contemporains ! Et la prochaine fois, dis que c'est moi si t'es gêné... Pourceau !

#grosbouc

FEB 12

NANCY V

vient de participer à un grand fou rire collectif du wagon : la SNCB nous annonce au micro qu'elle est à la recherche d'accompagnateurs !

#sansfaçon

FEB 13

NANCY V

l'a vu, il existe ! Qui ? Le yéti ? Non, le contrôleur SNCB avec des écouteurs vissés aux oreilles, des lunettes noires et un sourire content. Va falloir arrêter les bananes du Colruyt, mon ami !

#cestdelabonne

ARCHIVES D'HISTOIRE

À cette époque, 66 kilos de cocaïne avaient été retrouvés dans des bananes de la chaîne de magasin Colruyt. Avouez que le rapprochement était tentant.

FEB 14

Nancy V

vient de vivre un moment d'anthologie : la contrôleuse a la voix de Laurence Bibot et la tête de Whoopi Goldberg ! Merci SNCB...

#heureuxclonage

FEB 17

Nancy V

En direct du train du retour : fou rire de la contrôleuse au micro... Impossible de terminer son annonce ! Nous attendons tous sa troisième tentative avec impatience 3:-)

#ellepeutlefaire

FEB 19

Nancy V

Voyager dans un train sans lumière un matin d'hiver... c'est cosy ! Merci Sister SNCB !

#loungepourri

SEP 20

Nancy V

Se taper l'aller avec quelqu'un qui aime qu'on l'entende ronfler comme un goret et se farcir le retour avec quelqu'un qui mange bruyamment en riant tout seul ! C'est beau, les voyages en train...

#survie

FEB 21

NANCY V

espère que le tag de son train du matin n'est pas prémonitoire : "le paranoïa express"...

#quoique

FEB 24

Nancy V

Il y a des navetteurs qui disent " *Bon voyage !*". Nous, on dit " *Bonne chance !* "

#cestselon

FEB 25

Nancy V

Entendu dans le train à l'instant même : " *Ah... V´là l'retour des pulpeuses !* ". Juste au passage de deux mamies ! On n'a pas facile tous les jours, vous savez...

#pulpfiction

CONTEXTUALISATION

Il suffit parfois de peu de choses pour transformer une toute petite minute de bonheur en un inoubliable moment de solitude. Surtout dans un train.
Je m'en souviens très bien, c'était un très froid matin d'hiver, j'avais quitté la maison en traînant la patte et cherchais dans ce noir décor un détail capable de me mettre un peu de baume au cœur. Mais en vain. Rien, à part des navetteurs lambda, de la lumière crue sur les quais de gare et quelques crapuleuses poubelles. Je me décidais à coiffer mes écouteurs et à fermer les yeux afin de savourer mes mélodies électro-pop quand soudain, telles de bonnes fées, deux mamies sont apparues à la Cendrillon du rail que j'étais. Deux gentilles mamies qui trottinaient vers le train, de petites dames aux bonnets tricotés avec amour. Et à ce moment précis, je sentis un feu de bois me réchauffer le

cœur. Sans transition, je les imaginais cuisinant des gâteaux au coin de l'âtre pour leurs petits enfants émerveillés, décorant le sapin avec des guirlandes sorties d'un magasin d'autrefois, je les…
BARDAF !... LE CREVARD !
Sans prévenir, mon voisin de banquette venait de m'arracher à mon doux rêve en désignant mes deux fées à son copain par un tonitruant : *"Ah... V'là l'retour des pulpeuses ! "*.

Pulpeuses... pulpeuses.

Aussitôt, les bonnets se transformèrent en vulgaires perruques mitées, les attendrissantes lunettes de myope en montures voyantes et les manteaux de tweed en accessoires pour strip-teaseuses. Pulpeuses !
Le pouvoir des mots… Pulpeuses.
Et c'est à cause de ce seul mot que mon voyage s'est poursuivi dans le froid, accompagné de l'affreuse image de deux mamies pulpeuses. Pulpeuses !

Pulpeuses...

Et merde !

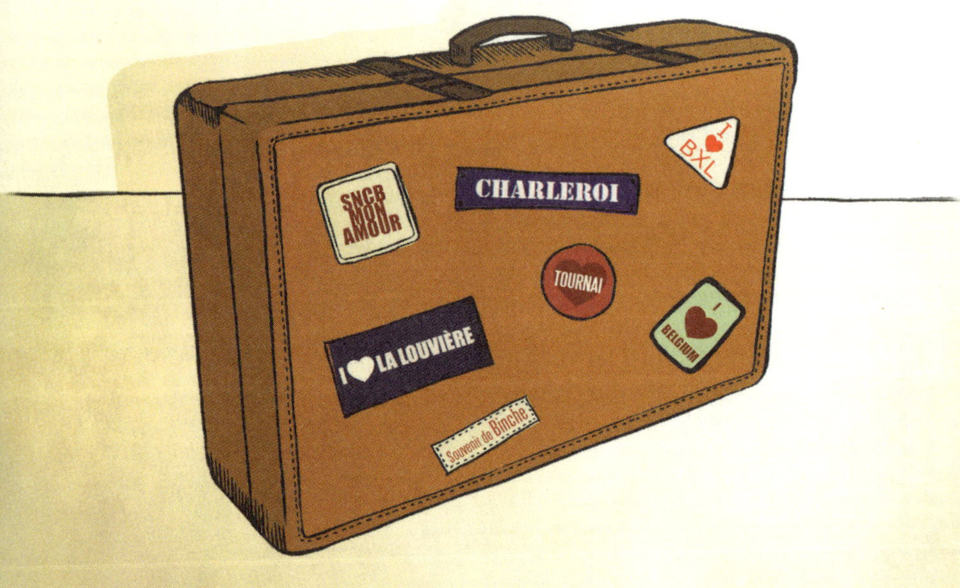
SNCB MON AMOUR
CHARLEROI
I BXL
TOURNAI
I LA LOUVIÈRE
I BELGIUM
Souvenir de Binche

MARS

MAR 3

Nancy V

Oh mon dcheuuuuuu... La voix off du train nous souhaite la bienvenue en chuchotant ! On dirait le crapuleux doublage d'un porno suédois de 1976 !

#jaipeur

MAR 4

Nancy V

se demande si présenter son GSM au lieu de l'abonnement au contrôleur dès potron-minet, c'est un signe de confusion précoce !

#toutestdansleregard

MAR 5

Nancy V

apprécie la suppression d'un train sur deux aux heures de pointe ! C'est double cargaison ce matin... Chwwwwwwoueeeeeette. Et si je supprimais aussi un euro sur deux au prix de mon abonnement ?

#yadesmatins

MAR 6

Nancy V

Sur la tablette du train, quelqu'un a oublié un paquet de kleenex. Une inconnue s'installe devant moi et se met à renifler ! Quant à la connexion entre son nez et les kleenex... j'attends toujours qu'elle se fasse !

#vainespoir

MAR 7

Nancy V

Demain, j'amène mon Epilady dans le train !

#Ipromise

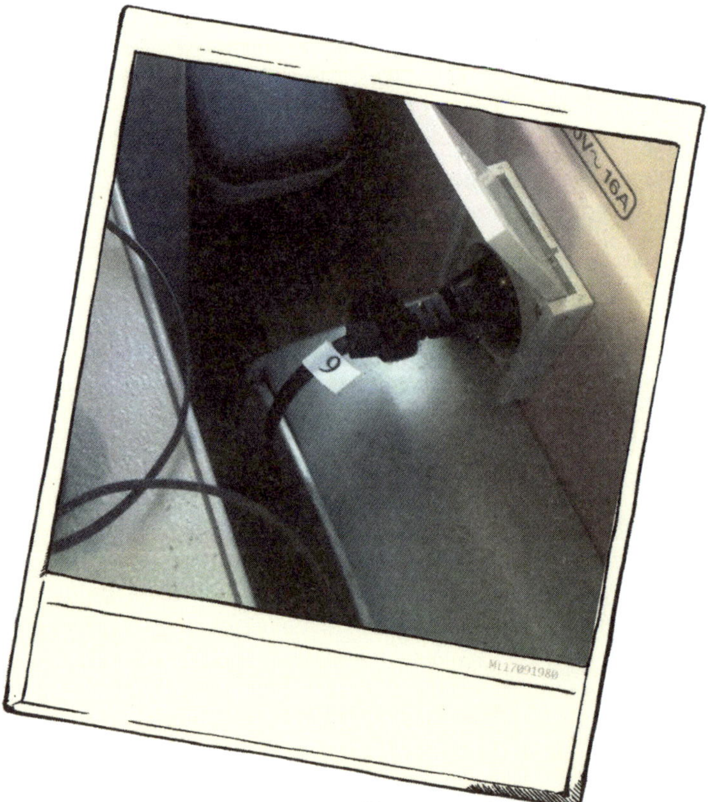

MAR 10

Nancy V

Entre un sandwich kebab et une pizza dürüm, une gare est finalement un haut lieu d'interculturalité !

#cestdéjàça

MAR 11

Nancy V

L'humanité entière se résume dans un train : tu as beau porter une belle cravate, c'est pas ça qui t'empêche de rouler des glaires comme un goret !

#pourceaucoquet

MAR 12

Nancy V

apprécie beaucoup ce joli bruit de gorge qui précède l'arrivée d'un gluant mollard... C'est très classe, surtout quand on est enfermé dans un train et qu'on est obligé de l'entendre à tour de bras. Merci, monsieur le voyageur ! Bon, je vais vomir et je reviens, attendez-moi !

#vamourir

MAR 13

Nancy V

Se lever tôt, allumer la radio et entendre *"... Surfez sur leschemindeferengagent.be"* : c'est fait ! Vite, 12 cafés...

#resterzen

MAR 14

Nancy V

Rater son train qui, pour une fois, était à l'heure LUI et s'offrir un petit roman de cette grande folle de Nadine Monfils ! Bah oui...

#rienn'estperdu

MAR 17

Nancy V

Le contrôleur qui essaie de nous souhaiter un bon weekend en néerlandais, c'est un vrai sketch... SNCB, mon amour !

#miséricorde

MAR 18

Nancy V

Le train est en retard. Je ne vais pas l'attendre ! J'me rebelle !

#revolución

MAR 19

Nancy V

vient de voir, en l'espace d'une minute, passer un train avec 1 minute d'avance et un contrôleur bien gaulé ! Le temps de se reposer est venu...

#hallucination

MAR 20

Nancy V

J'ai juste envie de partager mon malheur : ça sent le vomi dans le train.

#cestpasmoi

MAR 21

Nancy V

Vous ai-je déjà parlé du navetteur maudit qui mange des tartines au salami à l'ail vers 7h30 ? Eh bien, ce matin, c'est du pâté !... Je suis ravie.

#platdujour

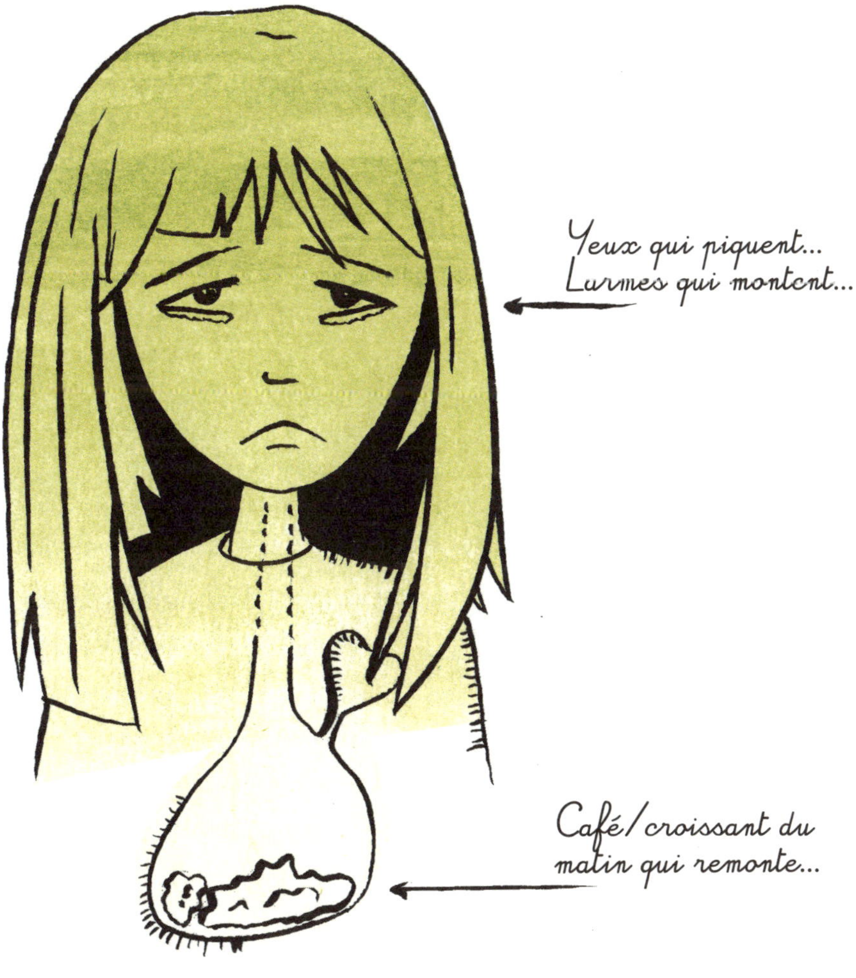

MAR 24

Nancy V

ne serait pas étonnée de voir le train de 18h36 dépasser celui de 17h36 dans lequel elle se trouve.

#limace

MAR 25

Nancy V

Art ferroviaire, y a pas à dire, la SNCB veille à mon bien-être !

#édification

MAR 26

Nancy V

Devinez qui a eu l'air d'une débile pur jus en ne sachant retenir un vrai gros fou rire dans le train ! Le livre de Nadine Monfils aura ma peau. Imaginez Mémé Cornemuse simulant une syncope en voiture et essayant de glisser subrepticement la langue dans la braguette de Jean-Claude Van Damme.

#merciNadine

MAR 27

Nancy V

Comment garder son sérieux quand on voyage à moins d'un mètre de quelqu'un qui mange avec entrain une interminable babelutte rose bonbon...

#subliminal

MAR 28

Nancy V

Vous en connaissez beaucoup, vous, des trains qui attendent que la correspondance arrive en gare ? Parce que moi, c'est fait : je suis dedans !

#DanaScully

Nancy Vilbajo
31 mars

Il aime Nana Mouskouri et fredonne son répertoire. Qui ? Mais mon voisin de train, bien sûr !

#lamourenhéritage

J'aime - commenter - partager

0 personnes aiment ça

J'ai Connuuuu l'amour en Héritaaage

AVRIL

APR 1

NANCY V

est approchée par la SNCB pour une expertise sur la qualité des transports. Le monde est fou!

#poissondavril

APR 3

NANCY V

ne sait pas ce qui est le plus difficile à vivre. La voisine de wagon qui parle toute seule ou la chanson de Pétula Clark qu'elle n'arrive pas à se virer de la tête... Merci Pétu !

#lanuitn'enfinitplus

APR 4

NANCY V

se demande si la SNCB va lui offrir un genou artificiel parce qu'à force de se l'éclater chaque matin contre cette grognasse de poubelle... Souffrir en silence !

#viteuneprothèse

APR 7

NANCY V

maudit l'ignoble saleté qui a déposé un obstacle sur les voie. Trafic fortement perturbé... Retard " *probable voire important* "... 40km/h... etc ! Que le responsable de cet attentat ferroviaire chope une tourista de compétition !

#sur13générations

APR 7

NANCY V

ne se plaindra pas du train de 7h16 cette fois... puisqu'il n'est pas passé !

#bahlogique

APR 9

NANCY V

a eu l'excellente idée de s'asseoir à côté de la porte automatique qui ne ferme plus... Et devinez qui s'est déjà levée vingt fois pour assurer le confort de ses contemporains ? SNCB, mon amour !

#jaifroid

APR 10

NANCY V

va vous confier le grand secret de l'univers : la SNCB est un croisement entre un trou noir et une faille de l'espace-temps. Sinon, comment expliquer ces 33 minutes de retard ? Comment ?

#TwilightZone

APR 11

NANCY V

compte le nombre de fois que ses charmants jeunes voisins occasionnels prononcent les mots "couille" et "putain"... Un vrai défi à la rhétorique ! Précise-je que je suis dans le train ?

#diantremescouilles

APR 14

Nancy V

a l'impression de passer deux fois au même endroit tellement le train roule lentement !

#lâchelefrein

APR 15

Nancy V

se dit que voyager dans le train avec des enfants assis dans un rayon de 10 mètres, c'est un peu comme aller s'asseoir chez Belzébuth pour profiter du paysage !... Le trajet va être long.

#viteunthemestat

APR 16

Nancy V

s'installe dans le train et entend un contrôleur dire ostensiblement à son collègue "Eeeeeeeh fieu ! Ici, c'est jamais qu'tu trouveras un café à emporter dans la gare, dis ! On n'est plus à Bruxelles, toi !". Ben non, y en n'a pas. Faut croire qu'on prend le temps de le boire à la maison et qu'on n'est pas pressé de quitter notre ville le matin, nous !

#avecdeuxsucres

APR 17

Nancy V

est supeeeeeeeeeeeeeeeeer contente d'avoir couru et sué comme un poney... 14 minutes de retard... 14. SNCB, épouse-moi !

#pourtantjesentaislemonoï

APR 18

Nancy V

Si cette fois, le contrôleur qui parle au micro n'est pas bourré comme un coing, c'est qu'il est temps pour son entourage de faire quelque chose... J'ai hâte de lui présenter mon abonnement.

#tournéegénérale

APR 21

Nancy V

On va dire que j'exagère avec la SNCB mais je me laisse tenter : ce matin, si nous sommes partis en retard, c'est parce que le contrôleur s'était endormi. Merci au technicien qui a flairé le coup et est venu le réveiller...

#deboutlesmorts

APR 22

Nancy V

6 voitures au lieu de 8, suppression de la première classe, contrôleur hilare... Et moi, pendant ce temps, j'ai les dents qui poussent, le dos qui se couvre de poils épais, les yeux qui deviennent phosphorescents, les cornes qui commencent à pointer...

#pleinelune

APR 23

Nancy V

Mon train va bien, il roule. Malheureusement, celui qui nous précède est en panne... Et allez doubler sur des rails, vous ! A l'arrêt dans les verts pâturages, matinée bucolique au programme.

#cuicuilespetitsoiseaux

APR 24

Nancy V

C'est lundi soir et le train est à l'heure pour la seconde fois de la journée... Je vais me réveiller dans mon lit, tout cela n'est qu'un rêve !

#jaidormi?

APR 25

Nancy V

Conférence au sommet sur le thème " Comment faire caca dans des wc turcs ". Par qui ? Par mes voisins de train, tiens !

#trèfleparfumé

APR 28

Nancy V

Mon voisin de train raconte en gueulant bien fort qu'une femme s'est fait couper les jambes sur le quai et qu'un copain a ramassé les os... tout cela en mangeant sa gaufre ! Plaisant matin... Bref, je voyage avec des agents de la SNCB

#toutcelamadonnéfaim

APR 30

Nancy V

Le nouvel épisode de " Ma Vie est un Train sans Fin " s'intitule *" Il est assis juste derrière moi, gémit comme un porcelet et murmure en serpentard. Mais pourquoi ? Pourquoi ? "*

#psychotrain

MAI

MAY 2

NANCY V

a une folle envie de pleurer : la personne qui a voyagé dans le wagon avant elle devait beaucoup souffrir des intestins... vu l'odeur ! Le voyage va être long.

#etmerde

MAY 5

NANCY V

croit aux miracles les plus fous : a eu son train grâce à une seule petite minute de retard ! Merci la SNCB... Merci !

#thankyouGod

MAY 6

NANCY V

remercie encore et toujours la SNCB : seulement 11 minutes de retard ! C'est Noël !

#lavitaèbella

MAY 7

NANCY V

"Mesdames et messieurs, suite à une présence d'eau sur les voies, notre train doit circuler à vitesse réduite !"... De qui est cette prose ? Devinez... Devinez !

#H_2O

MAY 8

NANCY V

en est maintenant certaine : la SNCB, c'est Stargate !

#oupas

MAY 9

NANCY V

C'est officiel : en voiture, dans les embouteillages, mes voisins se fouillent allègrement les fosses nasales. En train, ils préfèrent renifler comme des gorets enrhumés ! On n'a pas facile tous les jours...

#fatalitas

MAY 12

NANCY V

Si vous avez perdu 4 moines tibétains bien grassouillets, ne cherchez plus, je les ai retrouvés. Ils sont à la Gare Centrale de Bruxelles !...

#ahoummmmmmmmmmmmmmmmm

MAY 15

NANCY V

Le train est bloqué en gare de La Louvière. La tension monte, les vivres s'épuisent, la résistance s'organise ! Plus d'infos dans notre prochain flash.

#àsuivre

MAY 16

NANCY V

Entendu à l'instant dans le train : "*Avance, on est en première ! Ici, ils ont des petits fours !* ". Ils parlaient sans doute des éternelles tartines au pâté matinales de mon éternel voisin de banquette...

#etdeszakouskis

MAY 19

NANCY V

Une contrôleuse SNCB qui ressemble à Whoopi Goldberg, qui parle comme Whoopi Goldberg et qui rit comme Whoopi Goldberg, ça te réveillerait un mort.

#leMiracleDeLaSNCB

MAY 20

NANCY V

constate après une longue période d'observation que le prénom le plus usité dans la peuplade des navetteurs est Gérard.

#bonnefêteGérard

MAY 21

NANCY V

Ma voisine de train s'installe bruyamment, dégaine son GSM "tuné" et s'empresse d'appeler "Chaton". Vu la teneur de la conversation à 12000 décibels, Chaton est un putain d'bon coup ! Discrétion, quand tu nous tiens.

#CourDesMiracles

MAY 29

NANCY V

"Ta mère en short. Ton père en slip". Ça valait le coup de changer de train... Dans 10 minutes, je saute en marche !

#pépite

Y A PAS DE HASARD

Tout s'annonçait pourtant très bien. Le train était parti à l'heure, les gens étaient calmes et le printemps sonnait à nos portes. Mais cela, c'était sans compter sur la malédiction du rail !
Arrivée en gare de La Louvière Sud. On stagne.
On soupire.
On redémarre. On respire.
On s'arrête. On ne respire plus.
On démarre mais dans l'autre sens. On suffoque.
Retour en gare de La Louvière Sud.
On se laisse pousser les dents.
On attend. On a envie de pleurer.
Et les moteurs s'arrêtent !

La douce voix du contrôleur nous informe d'un problème technique. En même temps, celui qui croyait qu'on jouait à la balançoire, il peut continuer à pied ! On nous laisse le choix entre rester et attendre qu'on répare la bête ou sauter sur le train suivant qui va vers Bruxelles. Nous, le troupeau, nous nous ruons vers le bon quai, prêts à faire face à " l'arrivée imminente " du train salvateur. Nous freinons comme des skieurs, trop contents de notre performance et… nous attendons. Est-il nécessaire de préciser que le sens du mot " imminent " perd de sa substance une fois phagocyté par la mystérieuse dimension ferroviaire ?

Miracle, le train imminent arrive avec dix minutes de retard. Il est bondé, à quoi fallait-il s'attendre en heure de pointe, aussi ? Re-miracle, le siège contre lequel je m'étais douloureusement coincé le genou se libère. N'écoutant que mon courage, je m'y laisse tomber et me vautre ostensiblement. À peine le temps de reprendre mes esprits secoués par ce cadeau du destin qu'un petit graffiti attire mon attention. Je m'approche à m'en déboîter la nuque, j'ajuste ma vue et je déchiffre enfin ce poème devant lequel l'humanité devrait s'incliner : " Ta mère en short, ton père en slip ".

Et là, croyez-moi : ce moment de transcendante subtilité valait vraiment la peine de perdre une demi-heure de ma précieuse journée.

Merci, Destin !

Ta mere en short

CRIME SCENE CRIME SCENE CRIME SCENE
CRIME SCENE CRIME SCENE
CRIME SCENE CRIME SCENE
CRIME SCENE CRIME SCENE CRIME SCENE
2

Juin

JUN 2

Nancy V

Prendre le train une heure plus tard, le voir arriver avec un retard de 11 minutes, s'asseoir sur un sandwiche défoncé et être tellement secouée à grande vitesse que ça donne envie de vomir.

#vendredi13

JUN 4

Nancy V

Drache en rentrant, berdouille au tournant !

#brefjaiglissé

Berdouille : Substantif qui se traduit par " boue ". Mais avouez que vu la nature de l'objet, le mot " berdouille " est plus seyant.

JUN 6

Nancy V

Poésie du train !

#queltalent

JUN 9

Nancy V

a très envie de tuer le concept " Train de ce jour annulé. Et tire ton plan ". SNCB, si tu me lis : je te hais !

#maispourquoi

JUN 10

Nancy V

est dans le train sur la ligne du Grand Extrême ! Arrivera-t-elle à destination ce soir ? Bonne chance à tous mes confrères navetteurs !... On a peur.

#cesttondestin

JUN 11

NANCY V

J'ai 19 minutes de retard et je fais chier mes abonnés... Qui suis-je ?

#qui?

JUN 12

NANCY V

n'était pas prévenue que la SNCB organisait la grande semaine Odorama dans les wagons ! Aujourd'hui - mercredi - c'est le jour du crottin de cheval.

#çapuequoi

JUN 13

NANCY V

Picasso est vivant ! Vivant ! Et il voyage avec la SNCB.

#cestbeau

JUN 16

Nancy V

n'aura pas tenu trois jours sans dire du mal de la SNCB ! 5 putain de minutes de retard !

#pasunedemoins

JUN 17

Nancy V

Maudit sois-tu, ignoble pourceau qui t'es coupé les ongles dans le train avant que j'occupe ta place ! J'ai eu un haut-le-cœur !

#dégueudégueudégueu

JUN 18

Nancy V

a chopé un pickpocket à la gare de Bruxelles et lui a gentiment demandé " *Hoooooohé ! C'est sur mon sac que t'as mis ta main ?* ". Bref, il a fait demi-tour !

#manant!

JUN 19

Nancy V

est dans le train conceptuel qui invente la " panne alternative " ! Fini la panne... coucou la panne.... fini la panne... coucou la panne ! Le comique de répétition, sans doute.

#jerismaisjeris

JUN 20

Nancy V

Train bloqué pour une durée indéterminée, juste deux arrêts avant le mien ! Bah, tant qu'à faire !

#onyétaitpresque

JUN 24

Nancy V

se farcit la conversation de deux jeunes bobos (train forever) et vous met en garde, peuple ingrat : un grand soulèvement betteravier approche, des lynchages à coups de poireaux sont au programme, des choux-fleurs piégés vont vous péter à la gueule, des radis mutants vont dévorer vos misérables tripes ! Vous êtes donc prévenus !

#laresistancesorganise

JUN 25

Nancy V

Vous allez dire que j'abuse des plaisirs simples mais mon train n'avance plus depuis dix bonnes minutes. Train bloqué devant le mien... again and again.

#histoiresansfin

Juillet

JUL 1

Nancy V

Avis à la population de la Gare Centrale : le prochain baraki qui me bouscule sans s'excuser paiera pour les autres !

#fautpaspousser

GLOSSAIRE ÉVANESCENT

Il y a deux sortes de baraki : l'honnête et le crypto.

Le baraki honnête peut se trouver un peu partout. Il a toutefois une prédilection pour les endroits très fréquentés comme les foires, les fêtes en tous genres, les buffets de gare et les boîtes de nuits à la mode. Il se déplace généralement en Seat Leon de couleur voyante qu'il a préalablement pris la peine de " tuner " (dragon peint sur le capot, tube néon sous le pare-choc et sièges baquets bleu électrique). Quand il marche vers le QG, c'est-à-dire son dealer de frites-sauce-andalouse-fricadelle-et-samouraï, le baraki honnête se chausse de ses plus belles Buffalo et parade en jogging-peau-de-pêche. Vous reconnaîtrez également le baraki à sa prédilection pour la variété moderne qu'il écoute à fond les boulettes.

L'honnête se distingue aussi par son grand cœur et sa chemise-imitation-Olivier-Strelli qu'il couperait en deux pour partager avec celui qui est dans le besoin.

Le crypto baraki est, quant à lui, de la pire espèce. Camouflé dans un corps de petzouille, il se trouve essentiellement au cœur des capitales européennes.

La plupart a une fâcheuse tendance à se vanter d'avoir vu toutes les expos du monde mais omet souvent de préciser que son seul but était de se goinfrer des petits fours de la cafét' (qu'il nomme Lounge Bar). Il est d'ailleurs le clou du cercueil des plus grands artistes. Sachez également que le crypto a, à plus d'une reprise, confondu le régulateur d'air co avec l'œuvre maîtresse de l'expo Place to be !

Vous le reconnaîtrez aussi à sa tendance à répondre grossièrement au serveur du Sushi Bar qui tente vainement de lui conseiller le meilleur vin de la carte. En effet, pour le crypto baraki, le meilleur ne peut être que le plus cher tandis que la nuance n'existe que pour les autres…

Et enfin, il ne peut s'empêcher d'injurier le " petit peuple " sans même se rendre compte qu'il ne lui arrivera jamais à la cheville… même avec son déguisement j-ai-mis-des-couleurs-voyantes-regardez-moi.

Bref, il y a les barakis qu'on aime et ceux qu'on n'aime pas !

JUL 2

NANCY V

Mobib Day 1

Après 10 minutes de file, on me dit "Moi je fais pas ça, tu sais madame ! Tu dois aller à guichet 2 !". Et c'est écrit quelque part que t'es pas foutu de remplacer ma Mobib ? Et c'est reparti pour 10 minutes au milieu des touristes et des gamins hurlants.

#fonttouschier

JUL 3

NANCY V

Mobib Day 2

Gare du midi. File au guichet et je ne vous raconte pas le cheptel : *" C'est pas moi qui fait ça, allez au guichet STIB ! "*
File au guichet STIB : *" C'est pas moi qui fait ça, allez à la Bootik ! "*
File à la Bootik : *" C'est lié à un abonnement SNCB, c'est pas moi qui fait ça, allez au guichet SNCB ! "*
Et c'est à cette minute précise que mon venin est sorti !

#brefj'aigueulé

JUL 4

NANCY V

Mobib Day 3

J'ai acheté un ticket 10 voyages...

#burnout

LA LOGIQUE DES AUTRES

La carte Mobib est un abonnement qui permet d'utiliser les transports en commun de Bruxelles (la STIB). Dans mon cas, elle était associée à l'abonnement de train (la

SNCB). Et ce qui devait arriver est forcément arrivé, j'ai perdu ma carte Mobib !
Peu importe, il suffit de se rendre au guichet de la gare et d'en demander une autre. Oui, mais cela, c'est dans le monde des elfes et des licornes. Moi, je vous parle des chemins de fer…
Bref, après avoir passé trois matinées à courir de guichet en guichet, de guichetier grossier à guichetier de mauvaise foi, j'ai fini par craquer et j'ai acheté un carnet de tickets STIB.

Je commençais à désespérer, m'imaginant passer ma vie à composter les sales petits tickets jaunes quand, un beau matin, je fus prise d'une frénétique curiosité ethnologique. Partant quelques minutes plus tôt de la maison, je fis un arrêt au guichet de la jolie petite gare de Binche. Dernier terminus avant la France. Rails qui s'arrêtent au milieu de nulle part pour se transformer en chemins de promenades silencieux et reposants. Hall qui sert de tournage aux films rétros. Enfin, vous l'aurez compris : ma petite gare est tout sauf une plate-forme de bus de métropole.

Taquine, je demande au guichetier :
- Bonjour, savez-vous remplacer ma carte Mobib, j'ai perdu l'ancienne !
Je m'attendais à un refus, voire à une fin de non-recevoir bien légitime mais sa réponse fut tout autre…
- Avec plaisir ! [trois minutes d'encodage]. La voici ! Bon voyage !
Trois minutes ! Il m'aura finalement fallu trois misérables minutes pour obtenir une nouvelle Mobib qui ne sert qu'à voyager intramuros à cinquante kilomètres de là…
Et tu t'étonnes qu'on frôle le burn out, toi ?

JUL 7

Nancy V

Cette nuit, j'ai rêvé que j'étais dans mon train. Ce matin, j'ai saigné du nez. Coïncidence ? Je ne pense pas !

#BloodyNancy

JUL 8

Nancy V

Le train est arrivé avec une minute D'AVANCE ! Ça annonce une invasion extra-terrestre, croyez-moi !

#fermezlesvolets

JUL 9

Nancy V

La bonne action du matin : signaler une vache en difficulté le long des voies ferrées. Ami fermier, si tu me lis... faudrait revoir ta clôture. Ta meuh-meuh est en panique !

#j'iraiauparadis

JUL 10

Nancy V

vous annonce qu'elle est dans un train qui a arrêté ses moteurs au milieu des champs ! Locomotive en panne. Joie !

#jaimelanature

JUL 11

Nancy V

Entendu à l'instant même dans le train : " *Terminus... La température au sol est de 28 degrés centigrades !* ". Malin, va...

#KennedyAirPort

JUL 14

NANCY V

Suite à un vol de câble entre La Louvière et Braquegnies, notre départ sera retardé de quelques minutes... À toi, voleur : c'est mal ! Que des poils te poussent sur les yeux, que ton dos se couvre d'épines, que ta langue triple de volume, que des cornes torsadées t'ornent le front, etc.

#saletéva

JUL 15

Nancy V

Poésie de gare : quand le train a du retard, regarde courir les gros cafards tout noirs !... Bon, il est temps de prendre des vacances !

#MauriceCarêmeenritencore

JUL 18

Nancy V

prend le train quotidien accompagnée de vacanciers-short-valises. Je déteste déjà l'été.

#lâcherdetongs

JUL 22

Nancy V

aime le cri du contrôleur de train les matins de pluie : "Haaaaawooooooookkkkkkkkkkkkkkkkkkkké meeeeeeeeee eeeeeeeeeeeeeeecrci !". Je lui montrerais mon abonnement chaque minute rien que pour l'entendre.

#onnesenlassepas

JUL 23

Nancy V

a failli rater son train tellement il était à l'heure ! Ça cache quelque chose, amis de la théorie du complot, bonjouuuur !

#pentagone

ML17091980

AOÛT

AUG 1

NANCY V

vient de compter ! Le gamin assis tout près dans le train renifle en moyenne 8 fois par minute... 8. C'est plaisant, j'vous dis pas.

#bouliercompteur

AUG 4

NANCY V

vous annonce qu'elle est de nouveau dans son mood "mon train-ma plume" et que ça va saigner !

#àgrosbouillons

AUG 5

NANCY V

va rimer, attention... "Tous ces trains à l'heure, c'est comme au bon vieux temps de la vapeur !"

#çarimeçarame

AUG 6

Nancy V

Des trains annulés, des changements de voie, des retards de plus de 50 minutes, des passagers enragés. Et au milieu de cette merde atomique : moi et mon train... finalement à l'heure ! J'ai envie de faire signe aux gens sur le quai...

#coucoulesgens

AUG 7

Nancy V

et ses co-navetteurs sont de petits gâtés. Le train de 17h36 annoncé avec 7 minutes de retard est passé à 17h52. Avec en option, les élégantes remarques d'un chef de gare doté d'un accent bruxellois aussi lourd que son humour ! Quelle finesse ! Quel peps ! Quel swag !...

#tulavoismamain?

AUG 11

Nancy V

a reçu son abonnement en nouvelle formule électronique de la part d'un guichetier qui s'est senti investi d'une mission : expliquer le fonctionnement de... la pochette en plastique offerte par la SNCB. Bonheur...

#javaispasdeviné

AUG 12

Nancy V

constate qu'à la SNCB, un contrôleur bourré est un contrôleur heureux !

#moiaussi

AUG 13

NANCY V

Quel bonheur de voyager à moins d'un mètre d'un passager qui éternue dix fois à la minute ! Pourquoi moi ? Il y a tant de place dans un train SNCB.

#maismouchetoidonc

AUG 14

NANCY V

se fait tutoyer par le contrôleur... La SNCB, un voyage qui vous rend vos vingt ans ! Va falloir avoir du "swag" et assurer.

#recyclage

AUG 18

NANCY V

et tout le wagon de ce soir ont appris que l'époux d'une très discrète passagère a déjanté les chiottes ce matin : il s'est penché trop fort " en faisant " ! Merci, on avait vraiment besoin de le savoir.

#maladroit

AUG 22

NANCY V

vient de se faire dépasser par un TGV et se dit qu'il serait temps de remporter le Goncourt. Juste histoire d'aller se vautrer en bord de Seine, entourée de fans et noyée dans le champ' ! Merde quoi, c'est vrai à la fin.

#unjourmonprinceviendra

LA MINUTE DU BON SENS...
Je dis ça, je ne dis rien mais si tout le monde voulait bien s'y mettre un peu, je pourrais être riche !
A vot'bon cœur, m'sieurs dames ! Achetez ce livre et offrez-le à votre famille, à vos amis, à vos voisins. D'avance, merci !

AUG 26

NANCY V

a un abonnement "magnifique" ! C'est pas elle qui le dit mais le contrôleur... Montée de sève, oui !

#ThankYouMan

AUG 29

NANCY V

compte réaliser une étude sur la corrélation entre le nombre de décibels de certains écouteurs mp3 et les goûts merdiques de leurs utilisateurs. SNCB, si tu me lis, finance ma recherche, stp. Merci !

#aboulelles€

Notre coup de ♡ !
le meilleur livre
de l'année !
Achetez-le !
Offrez-le !
Une oeuvre de génie !
Nancy Vilb
François Bouton
SNCB
mon amour
Mémoires d'une navetteuse
Éditions
du Basson

Têtes d'enfants pas sages

SEPTEMBRE

SEP 4

NANCY V

fêtera dans une grande frénésie le jour où la SNCB inaugurera des voitures "enfants mal élevés interdits"...

#aucoin

SEP 8

NANCY V

a miraculeusement eu son train... Merci Sainte-Travelotte !

#elleexistejel'airencontrée

SEP 9

NANCY V

constate que le train est une redoutable source d'inspiration pour les auteurs de sketches !

#unfestival

SEP 12

NANCY V

se demande si la planète pensera à tracer une croix dans son calendrier en ce jour de fête : le train est à l'heure ! Les passagers sont en liesse, le champagne coule à flot, on embrasse le contrôleur, il y a une boule à facettes au plafond, les confettis nous aveuglent...

#dancingqueen

SEP 15

NANCY V

Renifler pendant des heures, se mouliner les narines dans le train et finalement tomber en arrêt devant mon regard désapprobateur, ça doit être désagréable ! Bien fait !

#ouimaisnon

SEP 16

NANCY V

déclare officiellement que la transcendante chanson "Ha, si tu pouvais fermer ta gueule !" est l'hymne intergalactique des navetteurs !

#tousenchoeur

SEP 19

NANCY V

Voyager avec Mongolito qui écoute l'intégrale "à donf" des pires moments de l'histoire de la cornemuse en mangeant ses tartines au salami de si bon matin : c'est fait ! À moins que ce ne soit du biniou... J'hésite !

#chouchèneàl'aïl

SEP 23

NANCY V

Ne pas frapper les gens qui reniflent dans le train. Ne pas frapper. Ne pas frapper. Ne pas frapper. Ne pas frapper. Ne pas... Trop tard !

#pardon

SEP 24

NANCY V

"Train en retard, navetteurs en pétard !" Vieux proverbe binchois.

#pourlarime

SEP 29

NANCY V

se demande si le monsieur assis à quelques mètres d'elle dans le train n'est pas en train de rêver qu'il fait un gros caca ! En tout cas, les gémissements post-constipatoires sont indéniables (voire inquiétants). Si je me suicide dans l'heure, vous saurez pourquoi !

#tirelachasseensortant

SEP 30

NANCY V

rit toute seule en entendant (subissant ?) l'épique conversation téléphonique de la contrôleuse... Faut qu'elle arrête avant que j'éclate. Ça part en vrille, ça part en couille, ça déménage de méchanceté. C'est digne d'un sketch !

" Comme je te le dis ! À force de grossir comme ça, elle devient inquiétante, cette pauvre Jacqueline. Mais que veux-tu, elle a beau prendre ses pilules bouffe-graisse, si elle n'arrête pas les chips, elle ne maigrira jamais ! Tu m'entends ? Jamais ! Quand je pense aux efforts qu'on fait pour l'aider... Elle ne le mérite vraiment pas, tiens ! Et puis, tu verras, elle finira par ne plus savoir rentrer dans son uniforme ! Pire, elle ne passera même plus la porte du wagon. J'te dis pas sa gêne à c'te pauv' fille ! Oh après tout, ce sera bien fait pour elle ! Et puis, si au moins elle faisait un peu de sport pour muscler son gras, ça irait mieux. Mais non, même pas. " Pas l'temps ", qu'elle dit. Et puis quoi encore ? C'est son mari qui fait tout à la maison. Je me demande quand même comment elle a fait pour l'attraper celui-là. C'est quand même toujours les moches qui ont de la chance. Tu crois qu'elle est riche ? Parce que sinon, faut qu'on m'explique !... Bon, je te laisse, 'faut que j'aille faire la tournée du wagon ! Bises, hein ! Oui, bises... bises. Allez, bises hein ! "

#elleesthargneuse

OCTOBRE

OCT 2

NANCY V

n'a rencontré ni gros glaireux, ni boule puante sur pattes, ni voisin à micro intégré, ni ronfleur, ni mateur, ni lourd dragueur dans le train. Bref, elle se sent seule !

#vismavie

OCT 6

NANCY V

aime bien quand son voisin de banquette regarde tout ce qu'elle fait sur l'Ipad ! C'est discret, classe, élégant...

#tuveuxuneloupe

OCT 9

NANCY V

a une place assise dans un train à l'heure. Qu'est-ce que ça cache ? Un complot extra-terrestre ?

#ETisbackagain

OCT 13

NANCY V

n'avait plus entendu cette charmante expression *" Brin dins t'gueuuuuule !"* depuis longtemps. Mais comme elle prend le train...

#poésie

Traduction : expression fine et fleurie pouvant se traduire par *"Prends donc cet étron dans ta face, manant ! "*

Je me souviens…

Il est 7h20, le train fait son premier arrêt. Des écoliers montent dans mon wagon. Ont-ils un abonnement en première classe ? J'en doute mais quoi de plus attendrissant que leur fierté rebelle ? Ils se bousculent, sacs à dos bien remplis et je ne peux m'empêcher de me mettre à repenser à mes années collège.
Une légère émotion me gagne, je revois le visage adolescent de mes amis. Les images se colorent de nos perfecto, de nos bandanas, de nos vestes à épaulettes, de nos bracelets en plastique fluo. Le rock faussement endiablé de Wham vient susurrer une tendre nostalgie au creux de mon oreille quand soudain… PANF !
Voilà, le mal est fait : un des tendres écoliers boutonneux vient de casser mon nostalgique voyage dans le passé. Saloperie, va !
Comment ? Comme ceci : probablement dérangé par un hypothétique *"Ta mère "* de son petit camarade, le boutonneux a cru bon de lui rabattre son imberbe caquet par un

Brin
dins
T'GUEUUUULE !

tonitruant *"Brin dins t'geuuuuuuuuuuuuuuuuule ! "*. Certes bien pesé mais ô combien assassin pour ma nostalgie…

Hé oui, le baraki a été, le baraki est et le baraki sera ! D'hier à aujourd'hui. D'aujourd'hui à demain. Le baraki te tient la main !

OCT 14

NANCY V

Sortir de son sac deux jolis bouchons jaune canari et se les enfoncer méticuleusement dans les oreilles en regardant fixement le gros sans-gêne qui collectionne les bruits gutturaux.

#prendsça

OCT 15

NANCY V

est folle de science-fiction et de SNCB ! Ce vortex du temps élastique ! Ce cosmos de l'éternel retard. Bref, encore 20 minutes de rabiot...

#capitainSpockestdanslaplaceYo

OCT 16

NANCY V

promet d'interdire les paquets de chips dans les trains quand elle sera Reine des Belges !

#surtoutleschipitos

OCT 17

NANCY V

Nous avions la Bataille de l'Yser. Nous avions Sarajevo. Nous avions le Darfour. Aujourd'hui, nous avons la ligne Bruxelles-

Binche ! Pour mes compagnons de combat et moi : courage et abnégation.

#commeen14

OCT 21

Nancy V

vous le confirme, c'est maintenant officiel : dans le train, ça sent le bouc dès le matin !

#mêmeavant

OCT 22

Nancy V

Tu aimes le contact avec ton prochain ? Vas à la gare ! Tu le sentiras, tu le regarderas, tu le toucheras, tu l'entendras. En même temps, faut être fan des coups de sacs à dos...

#profilage

OCT 23

Nancy V

remercie chaleureusement le nostalgique qui a sifflоté *" Mélodie d'amour chante le cœur d'Emmanuelle "* en descendant du train ! Et c'est reparti pour toute la journée avec un petit air déprimant en tête. J'ai peur de voir arriver la mort de Patrick Sébastien...

#lepetitbonhommeenmousse

OCT 24

Nancy V

entend de belles choses dans le train. La phrase du jour *" Allo ? Alors, tu fais caca mou ?* [Rire grassissime] ". J'ai hâte d'entendre la suite...

#Baudelairereviens

OCT 27

NANCY V

8h20, c'est pas un peu tôt pour être bourré ? Même dans un train ?

#çasepassedansmontrain

OCT 28

NANCY V

est super contente de voyager avec un contrôleur pendu à ses basques. L'histoire des banquettes en bois, des téléphones à manivelle et de l'évolution du costume n'a plus aucun secret !

#stephanebernenképi

OCT 29

NANCY V

n'est qu'hésitation : tendre un mouchoir au voyageur d'à côté ou le défenestrer ? Comme quoi la cravate ne fait pas l'éducation. Pourceau, va !

#etlapolitessebordel

OCT 31

NANCY V

découvre qu'il existe un seul endroit au monde où l'on est capable de parler de sa pizza du soir durant 20 minutes : le train ! Son choix se portera certainement sur la Stupido Stronzo...

#noubliezpaslesanchois

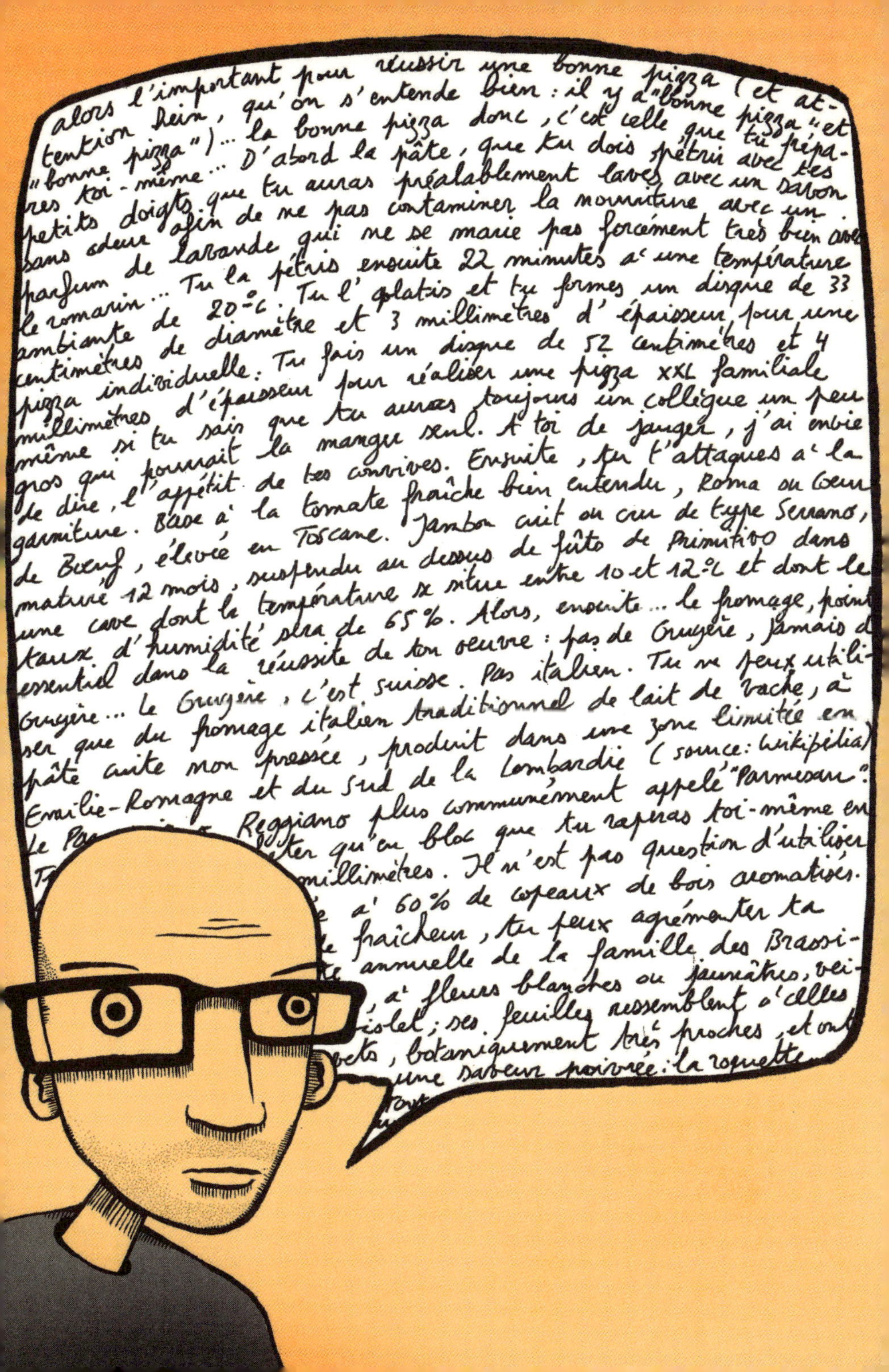
alors l'important pour réussir une bonne pizza (et at-
tention hein, qu'on s'entende bien : il y a "bonne pizza" et
"bonne pizza")... la bonne pizza donc, c'est celle que tu prépa-
res toi-même... D'abord la pâte, que tu dois pétrir avec tes
petits doigts que tu auras préalablement lavés avec un savon
sans odeur afin de ne pas contaminer la nourriture avec un
parfum de lavande qui ne se marie pas forcément très bien avec
le romarin... Tu la pétris ensuite 22 minutes à une température
ambiante de 20°C. Tu l'aplatis et tu formes un disque de 33
centimètres de diamètre et 3 millimètres d'épaisseur pour une
pizza individuelle. Tu fais un disque de 52 centimètres et 4
millimètres d'épaisseur pour réaliser une pizza XXL familiale
même si tu sais que tu auras toujours un collègue un peu
gros qui pourrait la manger seul. À toi de juger, j'ai envie
de dire, l'appétit de tes convives. Ensuite, tu t'attaques à la
garniture. Base à la tomate fraîche bien entendu, Roma ou Coeur
de Boeuf, élevée en Toscane. Jambon cuit ou cru de type Serrano,
maturé 12 mois, suspendu au dessus de fûts de Primitivo dans
une cave dont la température se situe entre 10 et 12°C et dont le
taux d'humidité sera de 65%. Alors, ensuite... le fromage, point
essentiel dans la réussite de ton oeuvre : pas de Gruyère, jamais de
Gruyère... le Gruyère, c'est suisse. Pas italien. Tu ne peux utili-
ser que du fromage italien traditionnel de lait de vache, à
pâte cuite non pressée, produit dans une zone limitée en
Emilie-Romagne et du sud de la Lombardie (source: wikipédia)
le Pa Reggiano plus communément appelé "Parmesan".
T ter qu'en bloc que tu raperas toi-même en
millimètres. Il n'est pas question d'utiliser
à 60% de copeaux de bois aromatisés.
fraîcheur, tu peux agrémenter ta
annuelle de la famille des Brassi-
, à fleurs blanches ou jaunâtres, vei-
iolet ; ses feuilles ressemblent à celles
ets, botaniquement très proches, et ont
une saveur poivrée : la roquette

NOVEMBRE

NOV 4

Nancy V

est arrivée très en retard à la gare... heureusement le train aussi ! Mais toutes les nouvelles ne sont pas si bonnes : il faudrait taxer les voix de canard dans les wagons, surtaxer les mères en folie qui pensent que tout le monde crève d'envie d'avoir des nouvelles du gamin... tous les jours... tous les jours. Et surtaxer celles qui cumulent !

#ahsitupouvaisfermertagueule

NOV 5

Nancy V

expérimente une nouvelle joie du train : le bétail sur les voies ! Bref, on fait du deux à l'heure pour ne pas écraser de meuh-meuh...

#Imacowgirl

NOV 7

Nancy V

se demande si elle ne devrait pas se mettre au régime. C'est vrai, quoi, le train a de plus en plus de mal à avancer depuis qu'elle y est montée !

#çametue

LA CELLULITE
M'A
TUER

NOV 10

Nancy V

a reconnu ce mardi matin le train de lundi soir à son vomi séché qui l'avait déjà fait fuir. Dès potron-minet, c'est engageant !

#briseocéane

NOV 12

Nancy V

sera charitable et ne vous dira pas que ce matin, un navetteur s'est endormi, ronfle et bave ! Quoi ?... Je l'ai dit ?...

#bleffebleffe

Traduction : substantif issu du verbe “bleffer" qui, en bon français, signifie "baver". Exemple : *"Adieu ma belle chemise blanche, j'ai fait une grosse bleffe !"*.

Les dortoirs de l'enfer…

Voyager en train, ça vous rapproche de vos contemporains. Et malheureusement, cette phrase n'existe pas que pour la rime ! En effet, infortuné navetteur, sache que, contre ton gré, tu es condamné à te taper cette indésirable intimité qu'est le sommeil. Le roupillon du navetteur, c'est un complot. Pire, c'est un attentat quotidien
Et qu'on ne vienne pas me dire le contraire. Surtout pas ! Vous savez ce qu'ils font, ces terroristes du rail ? Eh bien, tout ! Ils font tout ! Pas une seule pathologie du sommeil ne leur échappe.

En ce qui me concerne, j'ai régulièrement eu droit aux ronfleurs glaireux, aux baveurs-tsunami-à-bulles, aux dormeurs agités qui te filent des coups l'air de rien, aux pétomanes impunis et même aux cauchemardeurs qui se réveillent et te fixent de leurs gros yeux de veau mort-né.

Mais si je devais décerner les Palmes des Grands Tarés, elles reviendraient sans hésiter à deux inconnus avec qui je n'ai partagé qu'un éphémère voyage. Oui, un seul parce que plus, c'aurait été un suicide. Il faut que je vous raconte mes aventures. Accrochez-vous, ça fait peur !

Or donc, voici…
Le premier s'est un jour tendrement endormi, enfoncé dans sa parka à capuche, bien calme, bien silencieux, juste comme on les aime. Mais la plénitude ne fut que de courte durée car soudain, ses yeux se sont plissés et il s'est mis à susurrer des trucs étranges et flippants… Encore aujourd'hui, je suis certaine d'avoir rencontré un rescapé de Poudlard qui maîtrisait à merveille le serpentard. Et je ne pense pas qu'il était le meilleur pote d'Harry Potter !

Le second m'a beaucoup gênée… Si, si, ça peut m'arriver à moi aussi. Il n'avait rien d'extraordinaire, la cinquantaine bien tapée, classique juste comme il faut, avec sa veste, sa mallette 100% métrosexuel et le reste de la panoplie de l'homme invisible. Le brave s'installe non loin de moi, se coince solidement entre le siège et la fenêtre, ferme les yeux et s'endort paisiblement. Jusque là, rien de bien terrible. Mais -je ne sais pas pourquoi- à un moment donné, je me prends pour Morphée et, voulant veiller sur son sommeil, je le regarde. Et là…là ! Surprise ! Figurez-vous que mon dormeur ne ronflait pas, ne bavait pas, ne murmurait pas. Non, en lieu et place de ces banalités, il avait une érection à faire pâlir le dieu Priape en personne Que faire ? Me sauver en hurlant ? Jeter un seau d'eau à la bête sauvage ? Appeler Police Secours ? Je n'ai pas eu le temps de choisir car, histoire de me sauver la mise, le contrôleur est entré dans le wagon en hurlant *"Billets, s'il vous plaît ! "*. Le pauvre s'est éveillé, a croisé mon regard esbaudi, a rougi, a bleui, a pâli et a lancé sa mallette sur l'entrejambe coupable.

Encore un homme qui ne m'oubliera pas de sitôt…

NOV 14

NANCY V

sait que si on déterminait le prix des abonnements au nombre de décibels, la SNCB nous offrirait des sièges en cuir !

#sonotone

Nancy Vilbajo
17 nov

v

a rêvé qu'Eric-Emmanuel Schmitt l'embrassait langoureusement et est arrivée à la gare avant le train ce matin. Wonderfull Night.

#kissanddrive

J'aime - commenter - partager

1.264 personnes aiment ça - 1 commentaire

Nancy Vilbajo : Eric-Emmanuel, si tu me lis…
Je suis un cœur à prendre ! Dynamique quadra à la fleur de l'âge, j'ai de beaux restes.
La cuisine n'a aucun secret pour moi et ça sent toujours bon la « brise océane » dans mon dressing. Tout comme toi, j'aime la belle province du Hainaut et flâner dans les sous-bois est mon hobby.
Je suis financièrement indépendante mais, lorsque nous serons officiellement fiancés, tu pourras te laisser aller à m'offrir une petite Merco bien équipée. Et plus si affinités.
D'avance merci.
Sentiments langoureux.
Ton éternelle.

1

NOV 18

Nancy V

soupçonne fortement le sous-chef de gare de faire griller des steaks dans son bureau à l'heure de pointe. Vu l'odeur...

#barbecà17heures

NOV 19

Nancy V

En direct du train : la lumière " WC " vient de s'allumer et ça sent le brûlé. J'ai peur...

#onvatouscrever

NOV 20

Nancy V

24 minutes de retard après 24 heures de grève, il y a une logique ! Je me demande si je n'irais pas plus vite à pied !...

#24sur24/7sur7

NOV 21

Nancy V

La SNCB se surpasse. Le défi devient quotidien, où ses prouesses s'arrêteront-elles ? Premier train supprimé et le contrôleur qui nous prie de virer nos sacs des sièges... Je sens que le voyage va me plaire !

#clubmedontheroad

NOV 24

Nancy V

Alors vous, je ne sais pas mais moi, si j'étais à la place du train, je roulerais encore plus lentement. Rien que pour faire chier les passagers !

#onadur

NOV 25

NANCY V

Rappelez-moi de ne plus lire " Vie de Merde " dans le train. Je camoufle mon fou rire, mon visage est d'un rose suspect et mon voisin me lance des regards inquiets... J'ai honte !

#momentdesolitude

NOV 27

NANCY V

La SNCB est très consciencieuse : elle s'entraîne déjà pour les perturbations de demain !

#admiration

NOV 28

NANCY V

À la SNCB, c'est déjà Noël ! Tu arrives à l'avance pour ne pas rater ton train et tu sautes in extremis dans le train précédent qui vient d'arriver très en retard.

#espacetemps

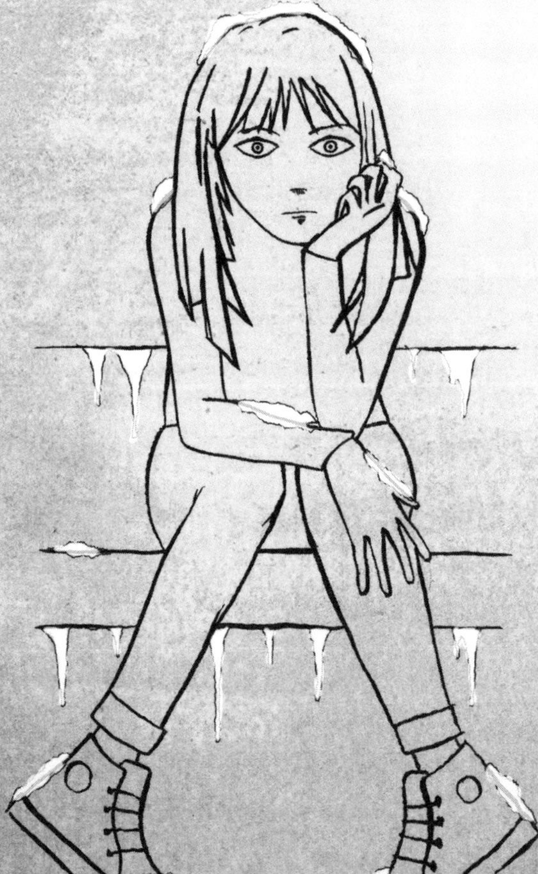

DÉCEMBRE

DEC 2

NANCY V

10 minutes d'avance dans le train... Mais que m'arrive-t-il ? J'ai peur...

#WTF

DEC 3

NANCY V

Train bloqué durant 15 minutes JUSTE à l'entrée de Bruxelles ! Si la SNCB fait dans les bouchons, où va-t-on ? Je vous l'demande !

#cumul

DEC 4

NANCY V

n'a jamais eu si froid dans un train ! Ils m'ont repérée et veulent me cryogéniser !

#théorieducomplot

DEC 5

Nancy V

Bah... 33 minutes de retard, c'est déjà Noël ! Et à la Gare Centrale, ça ne sent pas le sapin...

#larosenonplus

DEC 8

Nancy V

Le contrôleur vient de me conseiller d'essayer les sushis binchois. Surtout, ne me demandez pas pourquoi !

Note : l'iPhone corrige "sushis binchois"
en "surgis bibchous",
ne me demandez pas pourquoi non plus.

#surgibibchous

DEC 9

NANCY V

entend les considérations politiques de ses petits compagnons de train et pense sérieusement à écrire un sketch : " *Pour être premier ministre, il faut être beau !* "... À quoi ça tient, le succès, tout de même.

#spindoctors

DEC 10

NANCY V

a eu très envie d'apprendre à voler à sa Converse. Destination : la tronche du gros neuneu d'en face qui a essayé de la prendre en photo avec son iPhone. Il y a des journées comme ça.

#myshoesinthesky

DEC 11

NANCY V

Ooooooh... une brume matinale ! Ah non, juste un élégant voile de crasse sur les vitres du train ! Joie !

#cestduprop'

DEC 15

NANCY V

Train en retard de 20 minutes. Changement de voie, il faut passer de la 4 à la 2. Ah non, finalement, on nous renvoie à la voie 4. Je vous rassure, ce n'est pas moi qui porte malheur. La SNCB se débrouille toute seule.

#vendredi13

DEC 16

NANCY V

Devinez où j'ai oublié mes gants...

#DTC

DEC 17

NANCY V

Retard +5 +6 +7 Et ca m'emmert'. Poésie du train !

#inspiréejesuis

DEC 18

NANCY V

Qu'une voyageuse inconnue envoie des sms depuis quarante-cinq minutes, c'est son droit. Mais qu'elle ne trouve pas la fonction "clavier silencieux", c'est autre chose ! J'vais pleurer... Bip bip bip bip bip bip.

#faitesquelquechose

DEC 22

NANCY V

C'est officiel : Poudlard n'est pas une légende. Quand j'arrive sur le quai, je deviens invisible. La preuve : on me bouscule, on me marche dessus et on ne s'excuse jamais ! C'est la seule explication...

#malapris

DEC 26

NANCY V

se sent comme un Hobbit en pays fleuri : train à l'heure et sans changement de voie ! Moment bucolique ? Ah non, un inconnu est juste venu admirer le joli câble électrique dans mon grand sac noir... Ca crée des liens, la SNCB !

#faitesdesrencontres

DEC 29

NANCY V

craint de découvrir un nouveau mystère de la SNCB : arriver à l'avance à la gare le matin entraîne obligatoirement un retard du train ! Miserere...

#exorcisme

DEC 30

NANCY V

Vous savez ce que c'est ? C'est moi dans le train du matin... en retard et toujours pas éclairé ! Manque plus qu'une boule à facettes, tiens !

#Aloneinthedark

Et voilà
comment se termine notre année ferroviaire,
sur un fatal fondu au noir...

#TheEnd

APRÈS LA FIN

Voilà, l'année est finie. Et mes aventures aussi.

J'ai changé de boulot et, surtout, de moyen de transport.

Hier, c'était mon dernier voyage. Je suis descendue du train et, étrangement, j'ai traversé le quai sans me retourner. Rien de plus, si ce n'est une indéfinissable sensation de vide.

Puis, le lendemain, j'ai ouvert la porte de la maison, je me suis installée au volant de ma petite voiture chérie et, heureuse comme une méduse devant les jambes dodues des premiers vacanciers, j'ai glissé un CD de Moby dans le lecteur avant de démarrer.

J'étais tranquillement en train de beugler " Lift me up " quand soudain, sans prévenir, il est apparu, m'a sauté à la gorge et a serré, serré et serré comme un fou. Qui ? Mais ce petit merdeux de pincement au cœur, tiens !

Je n'en croyais pas mes yeux : j'étais sur le parking de la gare ! Vous avez deviné : instinctivement, j'avais repris le chemin habituel. Je sais, c'est neuneu, mais quand j'ai vu mon quai, mon train et ses habitués, j'ai murmuré " *Vous allez me manquer, les gars !* ".

Allez, je l'avoue, c'est vrai que vous me manquez. Enfin… parfois !

Bon voyage, les gens !

" *Vous pouvez railler mais n'oubliez jamais qu'un jour ou l'autre, c'est celui qui raille qui l'a dans le train.* " Pierre Desproges.

Nous remercions les contrôleurs qui, bien involontairement, nous ont permis de nous marrer comme des babouins en écrivant et en illustrant ce livre. Nous tenons également à exprimer notre éternelle reconnaissance à ces moult voyageurs, chefs de gare et autres anonymes sans qui le train ne serait pas cette salutaire faille spatio-temporelle de notre quotidien.

Nos remerciements vont également à Butch Cassidy, à l'Orient-Express, au Transsibérien, à l'Oiseau Bleu et à la Flèche Rouge qui nous donnent l'impression d'entrer dans la légende des magiciens du rail (même pas peur !).

Merci aux Editions du Basson qui risquent beaucoup en nous accordant leur confiance. Merci aussi pour leur délicieux ragoût de l'autre soir. Et surtout pour le bon vin qui allait avec.

Et enfin, merci à vous, qui tenez cet indéfinissable ouvrage entre vos mains.

TABLE DES MATIÈRES

Déjà paru aux éditions du Basson

Silence dans les rangs / Pierre Mathues
(Coll. Spectacles-extraits, 2009)

Bruit de feuilles / D. Watteyne et P. Zimmerman
(Coll. Tandem, 2010)

Danses a Charleroi / Collectif
(Coll. Tandem, 2010)

Abécé d'aire de jeux / Collectif
(Coll. Tandem, 2010)

Regards / Collectif
(Coll. Tandem, 2010)

Un homme venu des Abruzzes / A. Scatozza
(Coll. Ma vie est un Roman, 2012)

La Grosse Chronique / Philippe Genion
(Coll. Osons, 2012)

Lettres à Polly / Philippe Wanufel
(Coll. Ma vie est un roman, 2013)

Humeurs Belges ! / Philippe Genion
(Coll. Osons, 2013)

Ruquier, il est sympa ? / Alain Doucet
(Coll. Roman, 2013)

Amina G., la voie de Mahomet / Eddy Piron
(Coll. Roman, 2013)

Dourbes, 3 000 ans racontent / Daniel Gaye
(Coll. Histoire, 2013)

Nimadea [1] Le maître des Pierres / Kate VDK
(Coll. Fantastique, 2013)

Charleroi, ta ville / Fidéline Dujeu et Mathieu Bauwens
(Coll. Charleroi on the road, 2014)

L'affaire oubliée de Charleroi, Gozée août 1914 / Philippe Wille
(Coll. Histoire, 2014)

L'Agence Bêta du Scorpion [1] Les Vipères sonnent / Joëlle-Etienne
(Coll. Peau lard et autres abats, 2014)

Rencontres / Collectif
(Coll. Nouvelles de concours, 2014)

Le Carnet retrouvé, Louis Dermine raconte Charleroi en août 1914 / Louis Dermine et Etienne "Fafouille" Grandchamps
(Coll. Histoire, 2014)

22H22 / Denis Daniels
(Coll. Roman, 2015)

Le Plus Important / Ziska Larouge
(Coll. Roman, 2015)

De Pierre et de sang / Maribé
(Coll. Peau lard et autres abats, 2015)

À paraître aux éditions du Basson

Black city, withe spirit / Didier Ocula
(Coll. Charleroi on the road, 2015)

L'Odyssée de la betterave / Eddy Piron
(Coll. Ma vie est un roman, 2015)

L'Agence Bêta du Scorpion [2] Les enterrés de l'Yvonne / Joëlle-Etienne
(Coll. Peau lard et autres abats, 2015)

Nimadea [2] / Kate VDK
(Coll. Fantastique, 2015)

Désobéissances / Collectif
(Coll. Nouvelles de concours, 2015)

Editions du Basson
rue de l'Ange 28
6001 Marcinelle, Belgique
www.editionsdubasson.com
editionsdubasson@scarlet.be

DEPOT LEGAL

1ÈRE ÉDITION : FÉVRIER 2015
IMPRESSION : IMPRIMERIE BIETLOT, GILLY
(IMPRIME EN BELGIQUE - FÉVRIER 2015)